LA VAMPIRE - 5

La soif du mal

Du même auteur
aux Éditions J'ai lu

LA VAMPIRE
1. LA PROMESSE
N° 9386

2. SANG NOIR
N° 9478

3. TAPIS ROUGE
N° 9585

4. FANTÔME
N° 9662

Christopher Pike

LA VAMPIRE - 5

La soif du mal

TRADUIT DE L'AMÉRICAIN
PAR CLAUDE CALIFANO

J'AI LU

Titre original
EVIL THIRST

Published by arrangement with Simon Schuster Boos For Young Readers, an imprint of Simon & Schuster Children's publishing Division.

À ma sœur Ann, elle-même un vampire.

Chapitre 1

Je suis une vampire. Pendant des siècles, j'ai cru que j'étais la dernière vampire existant sur cette planète et que, par conséquent, j'étais la créature la plus puissante du monde. Cette certitude me donnait une immense assurance. Je n'avais peur de rien, parce que je savais que rien ne pouvait m'atteindre. Mais un jour, un jour mémorable, Yaksha, celui qui m'avait créée et que je croyais mort, m'a attaquée, et j'ai alors découvert que je n'étais pas toute-puissante. Quelque temps après, un nouveau vampire est apparu, répondant au nom d'Eddie Fender. Yaksha lui avait transmis sa force, et cette fois encore, j'ai bien failli disparaître. Pourtant, j'ai survécu à Yaksha, et à Eddie Fender, et j'ai ensuite donné naissance à une fille dotée de pouvoirs extraordinaires, et extrêmement persuasive – Kalika, Kâli Ma, la Mère Noire, la Déesse Suprême de la Destruction. Oui, je suis convaincue que mon unique enfant est une incarnation divine, autrement dit un *avatar*. Lors d'une vision bouleversante, elle a fait à mon intention la démonstration de son infinie grandeur.

Le seul problème, c'est que ma fille semble être totalement dépourvue de conscience.

En fait, il y a d'autres petits problèmes. Trois, exactement.

J'ignore où se trouve Kalika.

Je sais qu'il faut que je la détruise.

Mais c'est ma fille, et je l'aime de tout mon cœur.

De tous ces dilemmes, je ne sais pas quel est le pire, mais, tous ensemble, ils forment une combinaison très dangereuse. Un autre enfant, le rival de ma fille, est né récemment. Je ne connais pas le prénom de ce bébé, mais il s'agit du fils de mon amie Paula Ramirez. Les pouvoirs de cet enfant représentent encore un mystère pour moi, mais je sais déjà que quelques gouttes de son sang ont permis de ressusciter mon meilleur ami, Seymour Dorsten. Pour l'instant, j'ignore où se trouvent Paula et son fils, et je ne sais pas s'ils sont avec Kalika, mais si c'est le cas, je crains qu'ils ne soient morts tous les deux. Parce que ma fille, plus que tout au monde, veut s'emparer de ce bébé.

Pourquoi ? Je n'en sais rien.

Tout ça me dépasse.

D'autant que les problèmes qui m'assaillent semblent se suivre les uns derrière les autres.

Je me trouve maintenant devant l'église de l'Unité à Santa Monica, et Seymour est avec moi. Trois mois se sont écoulés depuis la dernière fois où nous sommes allés sur les quais à Santa Monica. Ce jour-là, Kalika avait décidé d'épargner la vie de Seymour, puis elle s'était ravisée et lui avait planté un pieu dans le dos, au moment précis où il se jetait dans les vagues de l'océan. Puis elle avait prétendu qu'elle agissait ainsi afin de me prouver qu'elle ne plaisantait pas.

— *Faut-il vraiment que tu connaisses la vérité ?*

— *Oui.*

— *Tu vas le payer chèrement.*

J'avais demandé à Kalika de me dire qui était l'enfant de Paula, et le fait de tuer Seymour avait été sa façon à elle de répondre à ma question – une réponse plutôt étonnante. Mais si Kalika n'avait pas assassiné Seymour, je n'aurais jamais eu l'idée d'utiliser le sang du bébé pour le ramener à la vie, et par conséquent, je n'aurais jamais su à quel point cet enfant était spécial. Seymour, lui, ne se souvient de rien : l'empalement a effacé de sa mémoire le souvenir de cette nuit-là. Il se rappelle son plongeon dans l'océan – et c'est tout. Évidemment, il essaie par tous les moyens de me convaincre de le transformer en vampire, parce qu'il est persuadé que nous avons une vie sexuelle trépidante – ce que la sienne n'est pas, loin de là. Je n'ai pas la moindre intention de coucher avec Seymour, parce que j'aurais trop peur de briser le fragile équilibre que nous avons établi entre nous, à grands renforts de démonstrations d'affection et d'insultes variées.

Pour la dixième fois, Seymour cherche à savoir pourquoi je l'ai traîné à une conférence New Age. Cette dernière s'intitule : *La naissance du Christ ou l'accomplissement d'une prophétie égyptienne.* L'orateur est un certain Dr Seter, fondateur de la Suzama Society, une association New Age, justement. Je tiens à assister à cette conférence parce que le Dr Seter a publiquement déclaré deux choses incroyables : au cours d'une émission de radio, il a d'abord annoncé que le Christ était de retour parmi nous – à l'en croire, d'ailleurs, il serait né le même jour que le bébé de Paula. Naturellement, le Dr Seter n'a pas mentionné Paula, puisqu'il ne sait pas qui a bien pu donner naissance à l'enfant qu'il affirme être le Christ. Ensuite, il prétend être en possession d'un manuscrit égyptien, très ancien, qui contiendrait une foule d'informations concernant cette seconde naissance du Christ.

Si les deux dates n'avaient pas coïncidé, et si je n'avais pas personnellement connu cette Suzama lors de mon séjour en Égypte, cinq mille ans auparavant, je n'aurais pas accordé le moindre crédit aux déclarations du Dr Seter. Mais il se trouve que Suzama a précisément été mon professeur, et je suis fort bien placée pour savoir qu'elle était effectivement douée de puissants pouvoirs psychiques.

Mais je n'avais encore jamais entendu parler du manuscrit de Suzama.

Je me demande comment le Dr Seter se l'est procuré, et si les informations qu'il contient sont exactes.

Pas question d'expliquer tout ça à Seymour sans lui révéler qu'il doit sa vie au sang d'un nouveau-né d'origine latino-américaine âgé d'à peine trois heures. Je pressens que son amnésie partielle a pour cause une raison bien précise, et j'hésite à le bousculer. D'ailleurs, si je lui dis la vérité, j'ai peur qu'il ne me croie pas. Qui pourrait croire une histoire pareille ? Il n'est pas facile d'évoquer Dieu, son Fils et autres concepts immaculés sans avoir l'impression d'être potentiellement un intégriste fanatisé. Surtout que Paula – c'est elle-même qui me l'a dit – n'était pas vierge.

— Quand je pense qu'on aurait pu aller au cinéma, rouspète Seymour. Ou au resto… C'est nul, ces histoires de religion. Ça fait deux mille qu'on attend le retour du Christ ! S'il devait réellement revenir parmi nous, il serait déjà là, tu peux me croire.

— Krishna a promis qu'il reviendrait, dis-je. Il a même précisé que personne ne le reconnaîtrait.

— Tu veux dire qu'il viendra sans sa flûte sacrée ?

— À mon avis, il choisira pour son retour un environnement, disons… modeste.

Seymour scrute l'affiche annonçant la conférence, collée près de la porte de l'église.

— L'histoire, *toi*, tu connais. Tu crois que cet illuminé peut vraiment t'apprendre quelque chose ?

Il faut que je lâche un peu de lest, sinon Seymour refusera de m'accompagner à l'intérieur. En fait, je ne suis pas sûre de savoir pourquoi je l'ai emmené avec moi, mais je sens confusément qu'à un moment ou à un autre, je vais avoir envie de me confier à lui et de profiter de ses conseils. C'est comme ça que j'ai toujours agi par le passé, et je tiens à ce qu'il assiste à la conférence afin d'être certaine qu'il aura toutes les données du problème quand j'aurais besoin de ses lumières.

Pourtant, j'hésite à parler à Seymour. Chaque fois que je lui donne des informations nouvelles, je l'expose un peu plus au danger, même si c'est lui qui a décidé de rester avec moi après avoir constaté les dégâts que ma fille est capable de provoquer. Il sait que je la recherche, même s'il ne s'est pas encore rendu compte que j'étais également sur la piste de Paula et de son bébé. Paula n'a toujours pas appelé le numéro de boîte vocale que je lui avais laissé : elle aurait dû essayer de me joindre il y a deux mois, c'est-à-dire quatre semaines après notre séparation. J'ai peur que Kalika n'ait réussi à mettre la main sur elle avant moi, et si j'assiste à la conférence du Dr Seter, c'est dans l'espoir de récolter des indices qui me permettront de retrouver sa trace. La sienne et celle de son bébé. Je sais, ça ne va pas être facile…

— Le Dr Seter prétend posséder un exemplaire du manuscrit de Suzama, dis-je à Seymour. Suzama a réellement existé, tu sais : c'était une grande prêtresse d'Isis vénérée par les fidèles, une initiée de haut rang dans l'Égypte antique.

Je marque une pause.

— Je la connaissais bien, j'ai même étudié les textes sacrés sous sa direction.

Seymour est favorablement impressionné.

— Que t'a-t-elle enseigné ?

— Elle m'a appris que la lumière de mon âme doit également briller dans mon cœur.

— Pardon ?

— Elle m'a enseigné les bases d'une méthode de méditation ésotérique. Suzama possédait tout un tas de dons, et notamment médiumniques : elle prédisait l'avenir.

Attrapant Seymour par le bras, je l'entraîne vers la porte de l'église.

— Viens. Je te parlerai de Suzama plus tard.

En entrant, j'aperçois sur une table un registre posé à côté d'un petit panier en osier, destiné à recueillir les dons du public et dans lequel je jette quelques dollars. Près de la porte, un jeune homme, complet bleu marine et cravate rouge, accueille les participants. En fait, plusieurs personnes ont revêtu le même genre d'uniforme – des jeunes gens radieux, mâles et femelles, plutôt beaux, et tous en uniforme bleu marine. Ce sont des disciples du Dr Seter, je l'ai tout de suite compris, mais je n'en déduis pas pour autant que ce bon Dr Seter dirige un groupe de fanatiques. Les associations new-age, voire chrétiennes, ne sont pas forcément des sectes. D'ailleurs, si tel était le cas, je n'y attacherais aucune importance : tout ce qui m'intéresse, c'est de savoir si le Dr Seter connaît son sujet.

Le jeune homme chargé d'accueillir le public m'adresse un salut chaleureux.

— Bienvenue, me dit-il. Puis-je vous demander comment vous avez appris que le Dr Seter donnait une conférence ce soir ?

— En écoutant la radio. J'ai écouté l'interview du Dr Seter, hier soir.

— Sur KEXT ?

— Précisément, dis-je. Vous connaissez le Dr Seter depuis longtemps ?

— Vous ne croyez pas si bien dire.

Souriant, le jeune homme me tend la main.

— James Seter – je travaille avec mon père depuis ma plus tendre enfance.

Il s'interrompt un instant pour me dévisager.

— Et vous êtes... ?

— Je m'appelle Alisa, et voici Seymour.

— Salut ! lance Seymour en serrant la main de James Seter, qui continue à me dévorer du regard.

— Vous avez lu le livre du Dr Seter ? me demande-t-il.

— Non, dis-je. J'espérais d'ailleurs que je pourrais m'en procurer un exemplaire ce soir.

— En effet, la vente aura lieu après la conférence, me rassure James. Un ouvrage fascinant, si vous me permettez d'en faire moi-même l'éloge.

— Qu'est-ce qui a permis à votre père de prédire avec autant d'exactitude cette seconde naissance du Christ ?

— Le manuscrit de Suzama. Il contient des informations très détaillées concernant le prochain retour du Messie, et il a prédit le premier avec beaucoup de précision.

Je souris.

— Et vous accordez du crédit à ces théories ?

James hoche la tête.

— Suzama avait un don, celui de prédire les événements, et en étudiant les textes qu'elle a laissés, je n'ai jamais pu la prendre en défaut.

— On dirait qu'il s'agit effectivement d'un document remarquable, dis-je. Pourquoi les archéologues contemporains, les linguistes, les théologiens n'ont-ils pas la possibilité de l'étudier ?

James hésite un instant.

— Mon père répondra à toutes ces questions au cours de la conférence. Il est préférable de s'adresser à lui : il a une connaissance parfaite du manuscrit.

— Une dernière question, lui dis-je. A-t-il apporté ce manuscrit, ce soir ?

— Je crains que non. C'est qu'il s'agit d'un document inestimable, que nous ne pouvons prendre le risque d'exposer en public.

J'ai beau tendre une oreille exercée, je ne décèle dans la voix de James Seter aucun signe indiquant qu'il serait en train de mentir, ou de dissimuler la vérité. Sans compter qu'il paraît très à l'aise, et que son comportement est tout à fait naturel : il ne correspond pas à l'idée qu'on se fait d'un fanatique. Ses yeux noirs sont fixés sur moi, et je crois que je suis à son goût. Tant mieux : James est particulièrement beau et n'a guère plus de vingt-deux ans.

Après l'avoir remercié, j'attrape Seymour par la main et nous pénétrons dans l'église, pour nous mettre aussitôt en quête d'un siège. Il y a foule, mais nous réussissons à nous caser dans l'un des premiers rangs. L'assistance rassemble des gens très divers : des jeunes, des vieux, des chômeurs, des cadres… Personnellement, je suis déçue de ne pas pouvoir examiner le manuscrit de près, parce que je suis convaincue que j'aurais su, du premier coup d'œil, s'il est vraiment authentique. Les hiéroglyphes que traçait Suzama étaient très beaux, je m'en souviens très bien.

Le Dr Seter fait son entrée cinq minutes plus tard.

De petite taille, il a les cheveux blancs et une certaine prestance. Tandis qu'il se dirige vers l'estrade, et bien qu'on lui donne une soixantaine d'années, je lui attribue au moins soixante-dix ans. Ce sont sa vitalité et ses yeux gris pétillants qui le font paraître plus jeune qu'il ne l'est réellement. Il porte un costume gris tout à fait banal et des chaussures noires d'excellente facture, mais il est loin d'être aussi séduisant que son fils. D'ailleurs, je le soupçonne de ne pas en être le père biologique : il a vraisemblablement adopté James. Le Dr Seter donne l'impression d'être un homme cultivé, ce que je trouve très intéressant. La structure osseuse de son visage et les fines rides qui le parcourent reflètent son intelligence et son excellente éducation. Bien sûr, je n'ai besoin que d'un seul coup d'œil – un œil de vampire – pour emmagasiner toutes ces informations.

James Seter s'avance alors pour présenter son père à l'assistance, et entreprend d'énumérer ses diplômes universitaires. Le Dr Seter est titulaire d'un doctorat en théologie et en archéologie, respectivement attribués par les universités de Harvard et de Stanford. Il est l'auteur de nombreux articles, ainsi que de trois livres rassemblant ses thèses. Depuis dix ans, poursuit James, le Dr Seter étudie le manuscrit de Suzama afin de délivrer au monde entier le message qu'il contient. James ne dit pas où son père s'est procuré le manuscrit, sans doute pour lui laisser le soin d'en parler pendant la conférence. La présentation est brève, et le Dr Seter apparaît à son tour sur l'estrade. D'une voix agréable, bien que légèrement enrouée, il commence par souhaiter la bienvenue au public, le remerciant d'être venu si nombreux. Puis il adresse à toute l'assemblée un sourire chaleureux, et un peu timide.

— Affirmer que le Messie est de retour parmi nous n'est pas une chose facile à faire, dit le Dr Seter, surtout quand on ajoute qu'on connaît aussi la date et le lieu de sa naissance. Si j'avais moi-même assisté à cette conférence il y a dix ans, je crois que j'aurais quitté la salle avant la fin. Comme mon fils James l'a indiqué, j'ai bénéficié d'une formation universitaire rigoureuse, et dix ans auparavant, je n'aurais jamais envisagé l'hypothèse d'un retour du Christ. Pour être tout à fait franc, j'avoue que Jésus-Christ ne faisait pas partie de mes préoccupations, ce qui vous surprendra peut-être, puisque je suis titulaire d'un doctorat en théologie. En fait, mes connaissances en matière de religion ont toujours été purement académiques : j'étais agnostique et, sans être croyant, je trouvais toutes les religions fascinantes d'un point de vue intellectuel.

» Mesdames et messieurs, nous voici arrivés au stade où la moitié d'entre vous risque de quitter la salle. Quand j'ai commencé à donner des conférences à propos du manuscrit de Suzama, nombreux étaient ceux qui décidaient de sortir après avoir entendu cette présentation. Mais depuis, j'ai réussi à diminuer ce nombre en demandant simplement aux gens présents d'oublier leurs doutes et d'écouter jusqu'au bout ce que j'ai à leur dire. Vous pourrez vous forger une opinion plus tard, et croyez-moi, vous aurez tout le temps nécessaire.

Le Dr Seter s'interrompt un instant pour boire une gorgée d'eau, puis il reprend la parole après s'être éclairci la voix.

— Le manuscrit de Suzama témoigne directement de la culture de l'Égypte antique. La datation au carbone 14 et l'analyse du style des hiéroglyphes permettent d'affirmer qu'il est vieux de cinq mille ans environ, ce qui le place dans ce qu'on appelle communément l'Égypte prédynastique. Je ne l'ai pas découvert en Égypte, mais dans un pays d'Europe occidentale dont je ne peux révéler le nom pour l'instant. La raison pour laquelle je tiens à garder ce nom secret pourra paraître évidente à certains d'entre vous, mais les autres la jugeront méprisable.

Le Dr Seter marque une pause.

— J'ai rapporté le manuscrit de Suzama en Amérique afin de l'étudier, sans avoir l'autorisation des autorités du pays dans lequel je l'ai trouvé. Dans un certain sens, je me suis rendu coupable de vol, mais je n'ai aucune excuse à fournir. De plus, tant que je ne donne pas le nom du pays dans lequel j'ai dérobé le manuscrit, je suis à l'abri de toute poursuite juridique. Mais vous devez comprendre qu'avec mon bagage universitaire, je suis le plus qualifié pour étudier ce document.

» Certains d'entre vous pensent peut-être que mon attitude trahit le pire égocentrisme. En gardant pour moi le manuscrit original, je contribue à mettre en doute son authenticité. Quel scientifique réputé agirait ainsi ? Si l'on m'avait dit, dix ans auparavant, que je me rendrais coupable d'un tel acte, j'aurais juré que c'était impossible. J'aurais déclaré que tout document ancien appartient à l'humanité tout entière, et que rien ne justifie qu'on le dissimule et qu'on le garde secret. Pourtant, j'ai moi-même caché ce document. Pourquoi ?

» Parce que je suis convaincu que le manuscrit de Suzama contient des informations qui pourraient se révéler dangereuses si elles étaient livrées à la connaissance du grand public. Dangereuses pour qui, me demanderez-vous ? Eh bien, pour le Christ lui-même, et pour le grand public en général. Suzama, qui était dotée de pouvoirs médiumniques puissants, a transmis des renseignements qui pourraient permettre de retrouver la trace du Christ bien avant que ce ne soit nécessaire... Sans compter que le manuscrit contient des informations concernant des méthodes de méditation qui sont, à mon avis, dangereuses pour les néophytes.

» Qui suis-je pour décider de ce qui représente un danger pour l'humanité ? Tout ce que je peux dire pour ma défense, c'est que j'ai personnellement testé une grande partie des instructions laissées par Suzama, et j'ai bien failli y laisser ma peau. D'après moi, il serait complètement irresponsable de jeter en pâture au public les informations contenues dans ce document.

» Mais pour quelle raison devriez-vous accorder le moindre crédit à tout ce que je vous raconte ? Pourquoi devriez-vous croire que Suzama a vraiment existé ? Eh bien, sachez que vous n'êtes pas obligés de me faire confiance, et d'ailleurs, ce n'est pas ce que je vous demande. Mais en guise de preuve, j'ai soumis à d'éminents archéologues des diapositives représentant certains passages du manuscrit. Comme je ne les ai pas autorisés à consulter le document original, ils ne souhaitent pas se prononcer sur son authenticité, mais la majorité d'entre eux est prête à déclarer que, pour autant qu'ils puissent en juger, il s'agit bien du manuscrit de Suzama.

» Qu'a dit cette femme, disparue depuis si longtemps, à propos de la naissance et du retour du Christ ? D'abord, Suzama établit le fait qu'au cours de l'histoire, le Christ n'est pas venu une fois, mais au moins quatre : deux cents ans avant la naissance de Suzama, il est apparu en Inde sous le nom de Krishna, puis sous celui d'Adi Shankara cinq cents ans avant le Christ, et enfin sous le nom de Jésus. Le manuscrit prédit chacune de ces naissances, et précise également qu'une seule et même âme animait ces grands prophètes, ces maîtres spirituels. De plus, le texte de Suzama prédit que cette âme s'est incarnée à nouveau, et cette fois au cours des trois derniers mois. La date exacte est même précisée : le 15 mars dernier, l'enfant en question est né ici, en Californie.

Une vague de protestations parcourt l'assistance, et le Dr Seter en profite pour boire une gorgée d'eau. Et je ne peux m'empêcher de penser qu'il la mérite amplement, compte tenu de ce qu'il vient de déclarer. Après s'être éclairci la voix, il reprend la parole.

— Comment puis-je être sûr que Suzama ne racontait pas n'importe quoi ? Si je considère que son manuscrit est authentique, s'il est effectivement un témoignage de la culture de l'Égypte antique, je suis bien obligé de reconnaître que les prédictions concernant le passé sont exactes. Mais au-delà de ça, le texte contient sa propre justification. En suivant les instructions données par Suzama, j'ai intuitivement acquis la certitude que certains passages ont une signification secrète. Je vois que vous êtes nombreux à froncer les sourcils. Les instructions et les prédictions de Suzama sont-elles présentées sous une forme hermétique, au point qu'il serait possible d'en donner des interprétations différentes ?

» La réponse est à la fois affirmative et négative. Dès qu'il s'agit de dates, Suzama est souvent très précise : ainsi, elle annonce clairement la naissance de Shankara et du Christ. Mais quand elle aborde les pratiques ésotériques, elle peut faire preuve de la plus grande subtilité. Celui qui se livre à l'étude de son texte doit également étudier son propre fonctionnement mental, et c'est justement ce qui m'a décidé à ne pas publier l'intégralité du manuscrit. Les scientifiques ont une approche objective, empirique, des phénomènes qu'ils observent, alors que d'après moi, la nature même de ce genre d'études spirituelles, qui portent sur l'âme et le divin, est presque entièrement subjective.

Le Dr Seter s'interrompt, et son regard balaie l'assistance.

— Je n'aime pas parler trop longtemps sans répondre aux questions du public. Quelqu'un souhaite-t-il s'exprimer ?

Plusieurs mains s'agitent. Le Dr Seter choisit de répondre à un quadragénaire qui se trouve non loin de nous. L'homme se lève.

— Comment avez-vous découvert l'existence de ce texte religieux ? demande-t-il. Quel est l'indice qui vous a mis sur sa piste ?

Le Dr Seter n'hésite pas un seul instant.

— Un rêve. J'ai tout simplement rêvé que le manuscrit se trouvait à tel endroit, et j'y suis allé. J'ai creusé à l'endroit indiqué, et je l'ai trouvé.

L'homme n'en revient pas.

— Ce n'est pas sérieux...

Un murmure sourd monte de la foule, et le Dr Seter lève la main.

— Croyez-moi, je préférerais vous faire une autre réponse, mais je mentirais, malheureusement. C'est bien ainsi que j'ai découvert le manuscrit. Il n'y a eu ni recherches ni chantiers interminables. Je l'ai trouvé dès le début des fouilles.

L'homme est toujours debout.

— Vous pensez donc que Dieu a guidé votre main ?

— Je pense que quelqu'un m'a guidé, en effet, mais je ne sais pas si c'est Dieu lui-même. En fait, Suzama ne parle jamais de Shankara ou du Christ comme étant d'essence divine. Elle les appelle des maîtres, ou des êtres parfaits, et elle croit que tous les humains évoluent de la même façon, et qu'ils tendent tous vers un état spirituel supérieur, qu'elle appelle la perfection.

Le Dr Seter marque une pause.

— Ce rêve m'a laissé une impression particulièrement forte, contrairement à ceux que je fais d'habitude. Ensuite, je n'ai eu qu'à suivre les indications qu'il me donnait.

Un silence.

— Question suivante ?

C'est au tour d'une jeune femme assise au fond de la salle de prendre la parole. Avant même qu'elle n'ouvre la bouche, il est évident qu'elle n'est pas d'accord avec le Dr Seter.

— Et si vous aviez inventé toute cette histoire ? Et si le manuscrit de Suzama était l'œuvre d'un faussaire ?

— Je crains que ceci ne soit pas une question.

Le Dr Seter se tait un instant, puis il reprend :

— Vous avez une question à me poser, Mademoiselle ?

La jeune femme fulmine.

— Il n'y a qu'un seul Christ. Comment osez-vous le comparer à ces charlatans ?

Le Dr Seter sourit.

— Ce sont des questions comme la vôtre qui me confirment dans ma décision de garder secrète ma découverte. Je connais l'importance du Christ dans notre culture. Chacun des prophètes que j'ai mentionnés a été un grand leader spirituel à son époque, et si vous étiez née en Inde, Mademoiselle, vous suivriez peut-être leurs enseignements. Si vous êtes chrétienne, c'est d'abord parce que vous êtes née dans ce pays.

Il s'interrompt pour dévisager la jeune femme.

— Vous n'êtes pas d'accord avec moi ?

Mal à l'aise, elle persiste à défier le conférencier.

— Pas du tout. En comparant Jésus-Christ avec tous ces prophètes, vous déformez Sa Parole.

— Franchement, je crois plutôt qu'en les comparant entre eux, je leur fais à tous un grand compliment, mais ce n'est pas le propos. Je n'ai jamais demandé à personne de croire que Suzama dit la vérité. Personnellement, et d'après les recherches que j'ai effectuées, c'est ce que je crois. Si vous pensez qu'il s'agit d'un faux, libre à vous, mais le texte annonce que ceux qui prêchent la parole du Christ seront aussi les premiers à le désavouer lorsqu'il reviendra parmi nous.

J'approuve la façon dont le Dr Seter réagit aux propos agressifs de la jeune femme. Moi, je n'ai jamais aimé les dogmes religieux, quels qu'ils soient : ce ne sont qu'une forme de racisme déguisé, en plus insidieux. Pourtant, je ne suis pas certaine d'être d'accord avec le Dr Seter quand il affirme que les trois leaders spirituels ne forment qu'une seule et même âme. Ayant personnellement connu Krishna, j'ai du mal à concilier la plupart des enseignements du Christ avec les siens, bien que je soupçonne les premiers apôtres chrétiens d'avoir déformé ce que leur maître professait. Je connais également l'œuvre de Shankara, en particulier son commentaire des Sutras de Brahma que j'ai passé des siècles à étudier, et je suis d'accord avec la tradition orientale qui tient Shankara pour le plus grand intellectuel qui ait jamais vécu sur cette planète, mais le style de son enseignement était très différent de celui de Krishna, ou même du Christ. D'abord, il n'a jamais prétendu qu'il était différent des autres humains, et tout en accomplissant de nombreux miracles, il ne s'est jamais présenté comme étant le fils de Dieu ou Dieu lui-même.

Néanmoins, je trouve que le discours du Dr Seter est fascinant. Levant la main, je croise son regard, et j'en profite pour utiliser une fraction du pouvoir dont je dispose pour monopoliser l'attention d'autrui. Il me donne aussitôt la parole. À mon tour, je me lève et je pose ma question.

— Vous dites que Suzama a donné les dates de naissance exactes de tous ces avatars, dis-je. Pourtant, le calendrier solaire a été utilisé dans l'Égypte antique deux mille ans seulement avant la naissance du Christ. En citant ces dates, Suzama s'est certainement servi d'un calendrier lunaire. Comment avez-vous effectué le passage de l'un à l'autre ?

— Cela n'a pas été nécessaire. Les dates ne sont pas exprimées selon un calendrier lunaire, mais solaire.

Cette réponse me déçoit.

— Mais en tant qu'archéologue, vous vous rendez bien compte que c'est tout à fait improbable. Cela signifie sans doute que le manuscrit que vous avez découvert date d'une époque beaucoup plus tardive, ou qu'il s'agit d'un faux.

Le Dr Seter ne se démonte pas.

— L'archéologue que je suis a effectivement été *surpris* que Suzama ait prédit la naissance de ces prophètes selon un calendrier solaire. Pourtant, si nous tenons pour véritable la profonde intuition de Suzama, nous devons également accepter qu'elle ait compris que le calendrier lunaire en usage à son époque ne serait plus utilisé par les générations futures. En fait, du moins d'après moi, le fait qu'elle n'ait pas utilisé le calendrier lunaire prouve au contraire qu'elle dit vrai.

— Hormis les trois noms que vous avez mentionnés, elle n'en cite aucun autre ? dis-je.

Le Dr Seter hésite.

— Eh bien, oui, en effet. Mais elle ajoute que les autres sont issus d'une lignée différente.

— Parle-t-elle d'Isis, par exemple ?

Là, le Dr Seter ne peut dissimuler son étonnement.

— Je n'ai mentionné cela dans aucun de mes livres, mais oui, c'est vrai, Suzama était une grande prêtresse qui vénérait le culte d'Isis.

Il marque une pause.

— Puis-je vous demander pourquoi vous me posez cette question ?

— Nous pourrons en parler une autre fois, dis-je en me hâtant de m'asseoir. Se penchant vers moi, Seymour me murmure quelques mots à l'oreille.

— Tu es en train d'attirer l'attention sur toi, me prévient-il.

— Juste assez pour donner envie au Dr Seter de m'accorder un entretien après la conférence, lui dis-je.

— Tu crois qu'il dit la vérité ?

— En tout cas, il en est *persuadé*. Impossible de déceler dans sa voix la moindre trace de mensonge.

Je réfléchis un instant.

— Mais je ne veux pas dire pour autant qu'il ait raison. Loin de là.

S'ensuivent des douzaines de questions.

— Comment Suzama décrit-elle la Californie ?

Réponse :

— À l'autre bout du grand continent, de l'autre côté de l'océan, là où le soleil brille toujours.

— Dans quel genre de famille le Christ vient-il de naître ?

Réponse :

— Une famille pauvre, dont le père et la mère sont séparés.

— Quelle est la nouvelle nationalité du Christ ?

Réponse :

— C'est un enfant à la peau foncée.

Beaucoup de gens n'aiment pas cette réponse. Normalement, elle m'aurait fait rire, mais il se trouve que le bébé de Paula a la peau brune, comme sa maman.

Vers la fin de la conférence, l'une des questions posées par le public me perturbe, ou disons plutôt que c'est la réponse du Dr Seter qui me dérange. Interrogé sur les dangers potentiels encourus par le Christ nouvellement né, le Dr Seter hésite longuement avant de s'exprimer. De toute évidence, le manuscrit de Suzama contient un avertissement très clair à ce sujet.

— Oui, se décide-t-il enfin à répondre. Suzama explique que les forces du mal feront plier la volonté des défenseurs du bien, dans le but de tenter de trouver l'enfant et de le détruire. Elle indique également que c'est le devoir d'un ancien, un ancien très puissant, de faire tout son possible pour protéger l'enfant.

Aussitôt, je lève la main.

— Suzama décrit-elle la forme que ces forces du mal vont revêtir ?

Le Dr Seter ne répond pas tout de suite.

— Non. Non, pas vraiment.

C'est le premier mensonge qu'il profère. Étrange.

Un ancien très puissant ?

Qui, sur cette planète, pourrait être plus ancien et plus puissant que je ne le suis moi-même ?

Chapitre 2

Sans attendre, j'ai envie de prendre un café avec le Dr Donald Seter ce soir même, et pour augmenter mes chances d'obtenir un entretien avec lui, je me débarrasse de Seymour. Comme il a envie de profiter de la dernière séance d'un cinéma de Westwood, il n'est que trop heureux de filer. Seymour risquerait d'être un obstacle à mon plan d'attaque parce que j'ai l'intention d'essayer de joindre le respectable docteur par le biais de son fils, James Seter. Me procurant un exemplaire du livre du Dr Seter, *Le secret de Suzama*, pour la modique somme de vingt dollars, je me dirige vers un James radieux en train de dire au revoir aux personnes qui quittent à présent l'église. Posté près de la sortie, il remercie les gens d'avoir assisté à la conférence. C'est un jeune homme vraiment sympathique, dont la poignée de main ne peut qu'inspirer confiance... Dès que James m'aperçoit, son visage s'éclaire.

— Alisa ! s'écrie-t-il. Vos questions étaient très intéressantes.

— Vous vous souvenez de mon nom ? Je suis extrêmement flattée.

Je réfléchis un instant.

— Vous savez, je suis peut-être un peu plus âgée que je n'en ai l'air, et aussi un peu plus cultivée.

J'ai longuement étudié l'Égypte antique, et j'aimerais beaucoup discuter du manuscrit de Suzama avec votre père et vous-même.

James ne prend pas ma requête très au sérieux.

— Je suis certain que ce serait très agréable, et sans doute très intéressant, mais mon père doit attraper le prochain vol pour San Francisco demain matin.

Plantant mon regard dans le sien, je m'efforce de communiquer un peu de chaleur à mes paroles.

— Vous pourriez peut-être le lui proposer… Il m'a donné l'impression d'être curieux de ce que je savais au sujet de la relation que Suzama entretenait avec Isis.

James cligne des yeux. Il n'accède pas immédiatement à mon souhait, ce qui prouve que ce garçon a de la volonté.

— Je pourrais lui en parler, en effet, mais vous avez pu constater qu'il n'est plus très jeune, et je craindrais de le fatiguer inutilement.

Je n'ai pas envie d'exercer sur lui une quelconque manipulation mentale, parce que je cours toujours le risque d'endommager le sujet au cours du processus. Depuis que je suis redevenue vampire, je sens que le pouvoir de mon regard est redoutablement efficace, et j'essaie de m'en servir avec parcimonie. Mais je ne veux pas que le Dr Seter s'en aille sans que j'aie pu lui parler, et je décide de distiller auprès de James une partie de mon antique savoir, sous la forme d'un mensonge. Prenant un air dramatique, j'attire le fils du Dr Seter à l'écart, et je lui murmure à l'oreille ce qu'il croit être une confidence.

— Le manuscrit de Suzama qui est en votre possession n'est pas un exemplaire unique : j'en possède un autre, mais je crois que le mien est différent de celui du Dr Seter. Je serais ravie de pouvoir échanger les informations qu'il contient avec celles que détient votre père.

James ne réagit pas tout de suite.

— Vous êtes en train de vous moquer de moi…

D'un ton égal, je reprends la parole.

— Détrompez-vous. Si votre père est d'accord pour me rencontrer, je serais très heureuse d'en discuter avec lui.

Je marque une pause.

— Il ne lui faudra qu'une minute pour comprendre que je possède un document authentique.

— Avant de vous accorder un entretien, il va vouloir vous poser quelques questions.

Je secoue la tête.

— Pas question de s'entretenir ici de ce que j'ai découvert. Mais je vous en prie, dites bien à votre père qu'il n'aura pas affaire à une cinglée.

— Où voulez-vous le rencontrer ?

— Je connais un café sur le front de mer, à côté d'Ocean Avenue, près de l'autoroute. Donnons-nous rendez-vous là-bas dans… disons, une demi-heure ?

Il s'agit du café où mon bien-aimé Ray avait réapparu, le jour où il m'avait été rendu. Il avait surgi dans ce café juste après que j'ai abattu les deux hommes qui avaient tenté de me violer. J'étais couverte de sang, une décoration tout à fait adaptée à l'illusion tragique dont j'avais alors été victime. Depuis ce jour-là, je ne suis pas retournée dans ce café, mais pour une raison plutôt perverse, c'est là que je tiens à rencontrer le Dr Seter, ce soir. Peut-être qu'un autre fantôme fera son apparition, histoire de pimenter un peu ma triste existence. Notez que je ne le souhaite pas : la méchante plaie ouverte dans mon cœur par le fantôme de Ray est encore béante. Le regard de James Seter est rivé sur moi.

— Quand vous êtes venue à la conférence, ce soir, me dit-il, vous ne m'avez pas dit que vous connaissiez Suzama. Pourquoi ?

Tendant la main, je rajuste sa cravate.

— Si vous saviez tout ce que je sais, James, vous feriez de votre mieux pour avoir l'air de ne rien savoir du tout.

Après un bref silence, je poursuis :

— Dites à votre père de venir au rendez-vous. Je l'attendrai.

Une demi-heure plus tard, je suis installée à l'une des tables du café, face au Dr Seter et à son fils. Ils sont venus seuls, ce qui est un bon point. Le simple fait qu'ils soient venus est déjà un bon point, mais je soupçonne le fils d'avoir insisté auprès de son père pour le décider à l'accompagner. Le Dr Seter ne donne pas l'impression d'attendre de moi des informations cruciales, mais il a l'air d'apprécier la tarte aux pommes et la glace que j'ai commandées pour lui. Quand on est une jolie blonde de cinq mille ans, on se fait pardonner pas mal de trucs, j'en conviens volontiers.

— James m'a dit que vous étiez étudiante en archéologie, me dit le Dr Seter en chargeant sur sa fourchette une belle portion de tarte. Il a retiré la cravate qu'il portait pendant la conférence, mais c'est tout ce qu'il a modifié de son apparence vestimentaire. Détendu, il personnifie à merveille l'universitaire en train de se relaxer après avoir donné, pour la millième fois, une conférence qu'il maîtrise à la perfection. Fugitivement, je me demande quelles sont les motivations qui le poussent à rendre public le manuscrit de Suzama. Cette histoire ne lui rapporte pas beaucoup d'argent : le prix de son livre est raisonnable, et il ne dispense pas sa science lors de séminaires facturés au prix fort à des participants crédules. C'est un brave homme, qui ne semble pas dissimuler de lucratives activités parallèles.

— J'étudie l'œuvre de Suzama, lui dis-je d'un air grave. Quand j'ai dit à votre fils que je possédais l'un de ses manuscrits, je ne me vantais pas.

Ma déclaration semble amuser le Dr Seter.

— Où avez-vous trouvé ce manuscrit ?

— Où avez-vous trouvé le vôtre ? rétorqué-je.

— J'ai déjà expliqué pour quelle raison je me refusais à dévoiler cette information.

— Eh bien, je suis dans le même cas que vous.

Le Dr Seter s'intéresse à nouveau à sa part de tarte. Il pense sans doute que je suis une jeune femme sympa qui n'a rien à lui apprendre.

— Dans ces conditions, nous n'avons plus qu'à apprécier la pâtisserie qui se trouve dans notre assiette, répond-il poliment.

J'ouvre son livre à la page où figure une photographie d'un passage du manuscrit de Suzama, et je lui montre le papyrus superbement calligraphié.

— Il n'y a sur cette planète qu'une vingtaine de personnes capables de déchiffrer ce texte au premier coup d'œil, lui dis-je. Vous êtes l'une de ces personnes, et j'en suis une autre. Par exemple, cette phrase signifie ceci : *Le secret de la Déesse se trouve dans le seizième croissant de la lune. Pas la lune dans le ciel, mais la lune dans le centre du haut. C'est là que l'être sincère obtiendra l'ambroisie de l'extase. C'est là et nulle part ailleurs que lui sera révélée la connaissance de son âme.*

Je m'interromps.

— D'après vous, cette traduction est-elle correcte ?

Le Dr Seter manque en lâcher sa fourchette.

— Où avez-vous appris cela ? Dans mon livre, cette phrase n'est pas traduite.

— Je vous l'ai dit, j'étudie l'œuvre de Suzama.

James s'immisce alors dans la conversation.

— Comment être sûr que quelqu'un d'autre n'a pas traduit cette phrase pour vous ?

— Je peux vous donner des renseignements qui doivent se trouver dans le passage que vous passez sous silence et qui figurent également dans le mien. Par exemple, je connais les quatre mots du mantra que Suzama utilise pour invoquer la lumière blanche située au-dessus de la tête, là où est réellement placé le croissant de lune. Je sais que le premier mot se rapporte au cœur, le deuxième à la gorge, le troisième à la tête. Je sais également que la respiration et le mantra sont synchrones, et qu'en prononçant le quatrième mot, la divine lumière blanche d'Isis resplendit dans l'ensemble du corps du croyant.

Le Dr Seter me regarde, stupéfait.

— Pouvez-vous me citer le mantra dont vous venez de parler ?

Très sérieusement, je lui réponds :

— Vous avez appris grâce à votre manuscrit que ce mantra ne peut être révélé qu'en privé, au cours de l'initiation, et je n'ai pas l'intention de le prononcer ici. Mais il faut que vous compreniez à présent que je connais très bien les techniques de méditation que Suzama était la seule à pratiquer. Par conséquent, vous devriez me faire confiance quand je vous demande de me montrer le manuscrit qui lui a appartenu.

Soutenant son regard, j'ajoute :

— Vous êtes d'accord avec mon raisonnement ?

Le Dr Seter m'observe attentivement.

— Vous êtes au courant de quelque chose, c'est certain. Franchement, je dois admettre que j'ai très envie de voir le manuscrit qui est en votre possession.

— Mais il faut d'abord que vous m'autorisiez à consulter le vôtre, lui dis-je. Je pourrais vous confirmer son authenticité.

— Comment procéderez-vous ? intervient James.

Je lui décoche un sourire lumineux.

— Je le comparerai au mien.

— Vous pensez vraiment que votre manuscrit est identique au mien ? me demande le Dr Seter.

— Non. Le vôtre évoque un danger menaçant le nouveau maître, alors que le mien n'en fait pas état.

Et j'ajoute :

— Quand vous avez dit que votre manuscrit ne précisait pas la nature de ce danger, vous avez menti.

Le Dr Seter n'en revient pas.

— Comment pouvez-vous savoir que j'ai menti ?

— Peu importe. L'essentiel, c'est que j'aie raison.

Je marque une pause, puis je poursuis :

— Dites-moi quel est ce danger.

— Je crains que ce soit impossible, dit James. Seuls les membres de notre association ont accès à ce type d'information.

— Ah... dis-je. Cette association que vous avez fondée, quel est son but, exactement ? Protéger l'enfant une fois que vous l'aurez trouvé ? La réaction des deux hommes m'indique que j'ai tapé dans le mille.

— N'est-ce pas quelque peu présomptueux de votre part, de penser que le Messie puisse avoir besoin de votre protection ?

Le Dr Seter a du mal à me suivre, mais il continue à m'écouter attentivement.

— Et si le manuscrit disait justement que le Messie *aura* besoin d'être protégé ? me demande-t-il.

— C'est ce qui est écrit ?

Le Dr Seter hésite.

— Oui.

Je pressens qu'il dit la vérité, ou du moins celle qu'il détient.

— Père, intervient James, est-il bien raisonnable de parler de tout ça avec une inconnue que nous venons à peine de rencontrer ?

Le Dr Seter hausse les épaules.

— Ne te paraît-il pas évident qu'elle connaît Suzama aussi bien que nous ?

— C'est faux, le contredis-je. Je ne dispose pas des mêmes informations que vous, et la base de mes recherches diffère de la vôtre. Mais pour en revenir à votre association, et à la façon dont elle sera mise à contribution pour assurer la protection de l'enfant, pouvez-vous me dire comment vous allez procéder ?

— Vous comprendrez certainement que nous ne puissions pas divulguer devant vous le mode de fonctionnement de notre association, s'excuse presque le Dr Seter. Surtout avec la politique actuelle du gouvernement, qui surveille de près les agissements de tous les regroupements de ce genre, qu'il soupçonne d'être potentiellement autant de sectes malfaisantes. Je vous en prie, essayons de maintenir la conversation sur un plan purement académique. Je souhaiterais examiner le document que vous détenez, et vous voudriez étudier mon manuscrit : il importe maintenant de nous mettre d'accord sur la date et le lieu de notre prochaine rencontre, au cours de laquelle nous pourrons échanger nos informations respectives.

— Je vous l'ai déjà dit, il faut d'abord que j'aie accès à votre manuscrit : s'il est authentique, je vous montrerai ensuite le document que j'ai en ma possession.

Soudain méfiant, le Dr Seter proteste :

— Pourquoi ne pas échanger simultanément les deux manuscrits ?

Je le rassure :

— Je prendrai le plus grand soin du vôtre. D'ailleurs, je suis certaine que lorsque vous me l'apporterez, nous serons surveillés par une douzaine de ces élégants jeunes gens que votre association compte pour membres.

Je réfléchis un instant, puis je lance :

— Vous ne vous séparez pas du manuscrit pendant vos déplacements, j'en suis quasiment certaine. Pourquoi ne pas me le montrer ce soir ? Il me faudra très peu de temps pour m'assurer de son authenticité.

Le Dr Seter et James échangent un long regard.

— En quoi cela poserait-il un problème ? dit enfin le Dr Seter, tâtant le terrain.

James, lui, doute encore. Il persiste à me dévisager d'un air méfiant.

— Comment être sûr que vous ne travaillez pas pour le FBI ?

Rejetant la tête en arrière, j'éclate de rire.

— Et expliquez-moi comment un agent du FBI serait-il capable de traduire couramment des hiéroglyphes égyptiens ?

— Mais pourquoi cherchez-vous à obtenir des renseignements concernant les buts poursuivis par notre association ? insiste James. C'est précisément le genre de question que pourrait poser un agent du gouvernement...

Croisant le regard de James, j'use à nouveau d'une infime fraction de mon pouvoir hypnotique.

— Non, James, je ne travaille pas pour le gouvernement, et je ne représente que moi-même. Si je m'intéresse au manuscrit de Suzama, c'est pour une raison dont je n'ai pas à rougir, croyez-moi.

Me tournant vers le Dr Seter, j'ajoute d'un ton pressant :

— Montrez-moi le manuscrit. Vous n'aurez pas à le regretter.

Posant la main sur le bras de son fils, le Dr Seter hoche la tête, et je comprends qu'il est prêt à céder.

— Nous ne nous déplaçons pas avec le manuscrit, mais il n'est pas loin d'ici, en effet... Il se trouve actuellement à Palm Springs.

— Palm Springs...

Quelle coïncidence ! Palm Springs se trouve précisément sur la route menant à Joshua Tree National Monument, où Paula a conçu son enfant – du moins c'est ce qu'elle m'a dit. Je projette de m'y rendre depuis déjà pas mal de temps...

— James pourrait vous montrer le manuscrit demain matin, dit le Dr Seter en jetant un coup d'œil à sa montre. Ce soir, il est trop tard.

Je me lève aussitôt.

— Mais je suis une noctambule, et je tiens à ce que vous soyez présent, Dr Seter, lorsque j'examinerai le document. S'il vous plaît, allons-y sans plus tarder.

Mon audace réussit à convaincre le Dr Seter, et il lève vers moi un regard admiratif.

— Puis-je vous demander quel est votre âge, Alisa ?

Je lui souris.

— Vous savez sans doute que Suzama n'était pas très âgée quand elle a rédigé le texte qui est en votre possession.

Le Dr Seter secoue la tête.

— Non, je l'ignorais. Quel âge avait-elle ?

— Excusez-moi, je retire ce que je viens de dire. Je ne sais pas exactement quel était son âge, mais je peux vous dire qu'elle est morte avant son vingtième anniversaire.

Je me garde bien de préciser que c'est aussi mon cas.

Bien que certains considèrent que les vampires sont des morts-vivants...

Chapitre 3

Avant de prendre la direction de Palm Springs, je laisse à l'intention de Seymour un message que j'enregistre sur le répondeur téléphonique de notre nouvelle résidence, à Pacific Palisades. Seymour et moi restons en contact quasi permanent, c'est une promesse que nous nous sommes faite l'autre jour. Il m'est arrivé par le passé de le quitter au milieu de la nuit sans aucune explication, et j'ai juré de ne jamais recommencer. Sans compter que Kalika, ma fille chérie, est toujours en liberté quelque part, et qu'il est impossible de prévoir à quel moment elle s'en prendra à nous, une fois encore. Seymour et moi, nous faisons en sorte de nous protéger mutuellement, mais je sens que je ne vais plus tarder à revoir Kalika. Une partie de moi pressent qu'elle n'a pas encore retrouvé l'enfant, mais elle n'a pas abandonné ses recherches, je le sais. Je suis bien obligée de me demander si mon intuition en ce qui la concerne a un rapport avec le lien psychique qui rattache une mère à son enfant.

Devant moi, sur la longue route qui mène à Palm Springs, le Dr Seter et James sont à bord d'une vieille Volvo blanche – je suis au volant d'une Porsche flambant neuve, et rouge, évidemment. C'est James qui conduit la Volvo. Roulant sur la voie rapide, je me tiens à une quinzaine de mètres derrière eux. Les deux hommes seraient très étonnés d'apprendre que j'entends tout ce qu'ils se disent – bien qu'ils ne se décident à parler qu'une heure après notre départ, le Dr Seter ayant somnolé pendant un long moment.

James :

— Pourquoi faisons-nous tout ça ?

Le Dr Seter :

— Tu crois que nous devrions nous contenter d'ignorer cette jeune femme ?

James :

— Pas du tout. J'éprouve pour cette fille la même curiosité que toi, et je te rappelle que c'est moi qui ai insisté pour que tu la rencontres. Mais je pense qu'il faudrait effectuer une enquête concernant son passé avant de lui montrer le manuscrit.

Le Dr Seter :

— En quoi pourrait-elle se révéler néfaste ? Elle ne disposera pas du temps nécessaire pour traduire l'intégralité du texte, même si sa connaissance des hiéroglyphes est plus approfondie qu'elle ne le laisse entendre.

Long silence.

— Elle est probablement plus âgée qu'elle n'en a l'air : il faut des années d'études pour déchiffrer des hiéroglyphes comme elle l'a fait.

James :

— Personnellement, je suis sûr qu'elle est plus vieille que son apparence physique ne le laisse croire. Tu as remarqué qu'elle ne nous a pas dit son âge ?

Le Dr Seter :

— Que veux-tu dire ? Qu'elle a acquis une parfaite maîtrise des techniques de Suzama, et qu'elle a réussi à inverser son propre processus de vieillissement ?

James :

— C'est fort possible. Elle connaît plutôt bien le stade supérieur de l'initiation tel que Suzama l'a décrit.

Le Dr Seter :

— D'ailleurs, c'est bien ce qui m'a le plus étonné chez elle. Dans notre groupe, il n'y a que très peu de gens qui soient au courant.

Long silence.

— Elle dit la vérité, il n'y a aucun doute là-dessus. Elle a vraisemblablement en sa possession un autre texte écrit par Suzama.

James :

— Je suis d'accord avec toi, mais reconnais quand même qu'elle est très évasive à ce sujet. Lorsque nous lui montrerons le papyrus, je tiens à ce que nous prenions toutes nos précautions.

Le Dr Seter :

— Naturellement. Tu as appelé les autres ? Ils savent que nous sommes en route ?

James :

— Oui. Tout le monde sera là.

Le Dr Seter :

— Ah bon ? Mais pourquoi ? Nous n'avons pas besoin de tout le monde. Les autres devraient déjà être en route pour San Francisco.

James :

— Je te l'ai déjà dit, cette fille ne m'inspire pas confiance.

Silence.

— Mais il y a aussi une autre raison.

Le Dr Seter :

— Laquelle ?

James :

— Je me demande si cette Alisa est au courant de tout, en ce qui concerne l'enfant.

Le Dr Seter :

— Pure spéculation.

James :

— Je n'en suis pas si sûr. Elle m'a donné l'impression de se soucier tout particulièrement de la sécurité et de la santé de l'enfant.

Silence.

— Peut-être devrais-je formuler ça à l'envers : je me demande si elle est au courant de l'existence de la Mère Noire.

J'en perds presque le contrôle de mon véhicule. Ils sont en train de parler de Kalika !

Ma propre fille ? Suzama l'aurait-elle déjà qualifiée de démoniaque cinq mille ans auparavant ?

Le Dr Seter :

— Je n'ai pas eu cette impression.

James :

— Est-ce que je peux exprimer une idée qui vient de me passer par la tête ?

Le Dr Seter :

— La route est longue, James, et nous avons tout intérêt à passer en revue toutes les hypothèses.

James :

— Et si cette Alisa travaillait pour la Mère Noire ?

Le Dr Seter éclate de rire :

— Elle ne correspond pas vraiment à l'idée que l'on se fait de l'une de ses collaboratrices, tu ne crois pas ?

James :

— Réfléchis : on dirait qu'elle a vingt ans, mais elle semble avoir l'instruction d'une personne qui a passé trente ans de son existence à se cultiver intensément.

Et puis, elle a de drôles de manières. Tu as remarqué la façon dont elle regarde son interlocuteur droit dans les yeux, pour dire ensuite des choses auxquelles on a du mal à résister ?

Le Dr Seter part à nouveau d'un grand éclat de rire :

— Non, je n'ai rien remarqué de tout ça ! Je crois plutôt que c'est toi qui as du mal à lui résister...

James :

— Je n'en sais rien. Tout ce que j'espère, c'est qu'en lui permettant de consulter le manuscrit, nous ne sommes pas en train de la mener tout droit à l'enfant.

Le Dr Seter :

— Mais il n'y a rien dans le manuscrit qui indique où se trouve actuellement l'enfant, hormis le fait qu'il est peut-être encore en Californie.

James :

— Nous n'avons rien lu de tel, c'est vrai, mais elle est peut-être en mesure de repérer dans le texte des renseignements qui nous ont échappé.

Long silence.

— Je prie le Ciel que nous ne soyons pas en train de mettre la vie de l'enfant en danger. Si j'en crois les descriptions de la Mère Noire que j'ai lues, je ne souhaite à personne, ami ou ennemi, de tomber entre ses griffes. Je suis convaincu que cette créature maléfique ne vit que pour tuer...

Le Dr Seter :

— Mais tu sais, fiston, nous nous préparons à la rencontrer depuis dix ans.

Silence.

— Et à en croire ne serait-ce que la moitié des informations dont nous disposons, cette rencontre est inévitable.

James :

— Tu penses vraiment que nous sommes ceux à qui incombe la défense de l'enfant ?

Le Dr Seter :

— Si je ne le pensais pas, je ne me serais pas procuré toutes ces armes automatiques...

Soupir.

— En fait, qu'elle travaille ou pas pour la Mère Noire, ce qui m'inquiète le plus, c'est la possibilité qu'Alisa soit un agent du gouvernement.

James :

— Mais alors, pourquoi lui montrer le manuscrit ?

Le Dr Seter :

— Comme je te l'ai déjà dit, cela n'a pas beaucoup d'importance : elle n'aura pas le temps de traduire les passages du texte que nous tenons à lui dissimuler. Et elle ne trouvera rien dans notre centre qui puisse intéresser le gouvernement.

James :

— J'espère que tu as raison.

Temps de réflexion.

— Elle est incroyablement belle, hein ?

Le Dr Seter :

— Oui, je l'avais remarqué.

Personnellement, je trouve que cette conversation privée entre le père et le fils est vraiment instructive.

Le centre auquel le Dr Seter et James ont fait référence est une grande bâtisse imposante, située dans un quartier mêlant résidences et immeubles de bureaux, et de nombreuses voitures sont garées de chaque côté de la rue où nous nous arrêtons enfin. Comme le Dr Seter, je m'étonne que James ait convoqué ici tous les membres de l'association, d'autant qu'une conférence a lieu demain soir à San Francisco. Pourtant, les intuitions de James à mon égard sont d'une justesse qui m'épate : il se demande si je n'ai pas été envoyée auprès d'eux par la Mère Noire. Quelle serait sa réaction s'il savait que je suis précisément la maman de la Mère Noire ? J'aurais le plus grand mal à le convaincre que je suis bien de son côté à lui, et pas du sien...

Mais l'une des choses que j'ai apprises en espionnant James et son père, c'est que la Suzama Society a pour but de protéger l'enfant, et pas, comme je le craignais, de l'éliminer. Évidemment, le fait que le Dr Seter ait mentionné l'achat d'armes automatiques me dérange un peu, mais je dois admettre qu'elles pourraient se révéler très utiles si Kalika débarquait inopportunément – bien que ces armes, entre les mains de vrais fidèles, soient rarement pointées dans la bonne direction au bon moment.

Comment expliquer les excellentes intuitions de James ? Elles sont peut-être dues aux techniques de méditation de Suzama... Quant au processus de vieillissement que j'aurais inversé, cette remarque m'a vraiment intriguée. James serait-il plus âgé qu'il n'en a l'air ? Je me souviens que Suzama disait souvent que la vieillesse est le résultat d'un état de conscience inférieur, tandis que l'immortalité est le produit d'une conscience supérieure.

En sortant de ma voiture, je suis accueillie par James et son père.

— Vous avez fait bon voyage ? me demande le Dr Seter.

— J'ai mis l'autoradio à fond, lui dis-je en montrant les véhicules garés dans la rue.

— Une conférence est prévue ce soir ?

Le Dr Seter jette un coup d'œil vers James.

— Plusieurs de nos membres sont revenus ici pour récupérer le matériel dont nous aurons besoin pour les prochaines dates de la tournée, m'explique le Dr Seter. Après la conférence de San Francisco, je dois me rendre sur la côte Est.

Indiquant d'un geste la grande maison, il poursuit :

— Je vous en prie, entrez. Désirez-vous prendre un café ?

— Non, je vous remercie, je me sens parfaitement réveillée.

— Vous aviez raison, lance James, qui ferme la marche.

— Vous êtes définitivement une noctambule.

À l'intérieur de la maison, j'aperçois deux douzaines d'uniformes bleu marine : les filles en tailleur, les garçons en costume, tous jeunes et beaux. Franchement, je ne pige pas pourquoi ils sont tous en uniforme, d'autant que le Dr Seter donne l'impression d'être un responsable plutôt décontracté. C'est peut-être une idée de James – qui ne me fait pourtant pas l'effet d'un fanatique. Sous l'œil scrutateur du groupe, je pénètre dans l'immense bâtisse. À l'intérieur, tout est en ordre, le mobilier est classique, pas le moindre grain de poussière en vue, même dans les coins les plus sombres. Un léger fumet de poulet frit et de brocolis flotte dans l'air. Si Suzama était végétarienne, de toute évidence, ces jeunes gens ne le sont pas.

Détaillant l'un après l'autre tous ces visages innocents, je me demande si ces jeunes gens s'entraînent réellement dans le désert au maniement des armes, à l'abri des regards indiscrets. Le simple fait de posséder une arme automatique est un délit, éventuellement passible de prison. Pour préparer une riposte aussi sérieuse, le Dr Seter doit être profondément convaincu que l'ennemi s'apprête à attaquer. Mais bien sûr, qui suis-je pour porter sur lui un tel jugement ? Lui, au moins, n'a pas nourri l'ennemi avec le sang de quelqu'un d'autre au beau milieu de la nuit, juste pour calmer ses pleurs... Ma fille bien-aimée – elle est devenue si forte, et si rapidement. Elle ne ferait qu'une seule bouchée de moi si nous devions nous battre à nouveau. Et ça, c'est l'expérience qui me l'a cruellement appris.

Le souvenir d'Eric Hawkins, le goûter personnel de Kalika, est toujours prompt à revenir me hanter.

— *Mon Dieu, je saigne ! Elle m'a égorgé ! Le sang gicle de ma carotide ! Au secours !*

Mais il n'avait aucune aide à attendre de moi, parce que je ne pouvais que me servir de lui, encore et encore.

Une jeune femme, d'à peu près mon âge, s'approche de moi et me tend la main.

— Je m'appelle Lisa, me dit-elle. Vous êtes Alisa ?

— Oui.

— On nous a dit que vous saviez lire couramment les hiéroglyphes égyptiens.

— Les hiéroglyphes et les bandes dessinées, j'adore ça.

Des rires étouffés s'élèvent du groupe.

— D'où êtes-vous originaire, Lisa ?

— Je viens du Dakota, et c'est là que j'ai rencontré le Dr Seter, l'an dernier...

— Lisa s'occupe de la comptabilité de notre association, la coupe le Dr Seter. Je la surnomme *la Patronne*.

Et tous d'éclater de rire. Ces jeunes gens adorent le vieil homme, c'est évident.

On me conduit ensuite au sous-sol. Dans le sud de la Californie, rares sont les maisons dotées d'un sous-sol, et celui-là est pour le moins inhabituel. James referme la porte derrière nous, et je remarque que le montant est équipé d'un joint de caoutchouc très épais. Presque immédiatement, je note un changement dans la pression atmosphérique, qui s'explique par l'étanchéité de la porte. Sans doute craignent-ils que le manuscrit ne soit exposé à la poussière et à l'humidité. L'air qui arrive dans le sous-sol est donc soigneusement filtré.

Six des membres de la Suzama Society, incluant le Dr Seter et James, m'ont suivie jusque dans le sous-sol. Un jeune homme répondant au nom de Charles se dirige vers un coffre-fort qui se trouve au fond de la pièce. Au centre, un gros microscope est posé à l'extrémité d'une grande table blanche, éclairée par une rampe lumineuse fixée au plafond. J'aperçois également deux loupes et d'autres instruments optiques posés à côté. Charles entreprend de manipuler le bouton métallique du coffre-fort. Sa position m'empêche de surveiller ses gestes, mais en écoutant attentivement, je suis vite capable de deviner la combinaison permettant l'ouverture du coffre : R48, L32, R16, L17, R12, L10.

La lourde porte blindée s'ouvre enfin, et Charles extrait du coffre-fort le manuscrit, pour l'instant enveloppé dans un papier spécial, et le dépose sur la grande table. Il s'agit d'un document d'une trentaine de centimètres de large, sur soixante de long, et en le voyant, je sens que mon cœur s'emballe. Même à travers l'emballage, je reconnais l'odeur de l'Égypte antique !

Tout de suite, j'identifie les caractères hiératiques.

Des hiéroglyphes minuscules, soigneusement calligraphiés.

Aucun doute : il s'agit bien de l'écriture de Suzama.

Le Dr Seter me fait signe d'approcher, et il soulève précautionneusement le papier qui protège le papyrus.

Tandis que je me penche par-dessus la table, le brave homme est loin de se douter que je suis capable de déchiffrer le texte bien plus rapidement qu'il ne lirait des caractères d'imprimerie courants. Les yeux rivés sur moi, James ne me quitte pas d'une semelle.

Je commence à lire.

Mon nom est Suzama, et la vérité parle par ma bouche. Le passé et le futur sont pour moi identiques, moi dont les visions éclairent le temps. Celui qui lit ces mots doit savoir qu'il ne faut pas douter de ce qui suit, à moins d'être abusé et de s'égarer en chemin. Je suis Suzama, et c'est la vérité qui s'exprime ainsi.

Le seigneur de la création est à la fois à l'intérieur et à l'extérieur de la création elle-même. Il est comme la sève dans la fleur, comme l'espace dans une pièce vide. Il est toujours présent, mais nul ne le voit jamais. Sa joie brille comme le soleil dans le ciel, il nage comme un poisson dans l'océan. Ni l'esprit ni le cœur ne savent qui il est. Seul le silence intérieur sait le reconnaître.

Il est à la fois mâle et femelle, mais il n'est ni l'un ni l'autre. Parler de lui comme d'un homme ou d'une femme ne peut être qu'une commodité de langage. Afin de protéger les êtres bons et détruire les mauvais, il naît et renaît sans cesse dans la roue du temps.

Sa naissance la plus récente lui a fait voir le jour dans le pays des frères Pandu, sous le nom de Sri Krishna. Là, il a combattu les démons et il a exaucé les vœux des êtres pieux. Il a vécu 135 années, de 3675 à 3810. On se souviendra de lui comme de la Divine Personnalité.

Sa seconde naissance lui fera voir le jour dans le pays des Vedas, sous le nom de Adi Shankara. Là, il répandra l'enseignement de Brahma, la plus haute des réalités. Il vivra 32 années, de 6111 à 6143. On se souviendra de lui comme du Divin Professeur.

Sa troisième naissance lui fera voir le jour dans le pays d'Abraham, sous le nom de Jésus de Nazareth. Là, il incarnera et enseignera la compassion et l'amour parfait. Il vivra 108 années, de 7608 à 7716. On se souviendra de lui comme du Divin Sauveur.

Le texte s'arrête là, et je lève les yeux vers le Dr Seter.

— Où est le reste ? lui dis-je.

— Pour juger de son authenticité, vous n'avez pas besoin du reste, rétorque-t-il.

— Vous ne répondez pas à ma question, dis-je.

— Le reste se trouve à l'abri, dans le coffre-fort, intervient James, qui se tient tout près de moi.

— Mais nous avons décidé qu'il était préférable de ne pas vous montrer l'intégralité du manuscrit ce soir.

Tout à l'heure, quand je suivais le Dr Seter et James sur la route, leur voiture m'a distancée pendant un court instant. À ce moment-là, leur autoradio fonctionnait et les vitres du véhicule étaient fermées. Malgré mon ouïe de vampire, je n'ai plus été en mesure d'entendre ce que les deux hommes se disaient, et ils ont dû prendre cette décision à ce moment-là. Naturellement, je suis déçue, mais ce que j'ai lu suffit à me convaincre : oui, le manuscrit est authentique. Le papyrus a bien cinq mille ans, même son aspect le prouve. Doucement, je le caresse du bout des doigts, ce qui provoque chez James un sursaut d'horreur.

— Ne faites pas ça ! s'écrie-t-il.

Je retire aussitôt ma main.

— Je sais comment manipuler ce genre d'objet. Rassurez-vous, je ne l'ai pas abîmé.

Me tournant vers le Dr Seter, je réfléchis un instant.

— À mon avis, ce document est authentique.

Le Dr Seter ne peut dissimuler sa surprise.

— Et vous pouvez vous prononcer après l'avoir examiné pendant un laps de temps aussi court ?

— Bien sûr. Cette partie du manuscrit correspond à celle que j'ai en ma possession. D'ailleurs, je retire ce que j'ai dit : les deux sont pratiquement identiques.

Je marque une pause, puis je poursuis :

— Si je pouvais voir le reste, ça nous aiderait beaucoup.

Le Dr Seter est désolé.

— Alisa, en vous montrant ceci, nous venons de vous prouver notre confiance et notre bonne volonté. J'estime qu'avant de voir la suite, il serait juste que vous nous apportiez à votre tour ce que vous avez découvert, ou du moins une partie.

Il me sourit.

— C'est équitable, vous ne trouvez pas ?

— Très équitable. Puis-je disposer d'un jour ou deux avant de remplir ma part du contrat ?

— Mais certainement, dit le Dr Seter. Puisque James ne m'accompagne pas sur la côte Est, vous n'aurez qu'à apporter ce que vous désirez montrer, et il jettera un coup d'œil.

— Parfait, dis-je au Dr Seter. Mais il faut que vous puissiez voir le document, vous aussi.

— Je vous ai pourtant prévenue que j'ai des engagements sur la côte Est auxquels je ne peux me soustraire...

— Ce que je vais vous montrer est de nature à vous faire oublier n'importe quel engagement.

Le Dr Seter est troublé par mon aplomb.

— Tant que je n'ai pas d'autres preuves, je refuse d'annuler les prochaines conférences.

— D'accord. Je suis en mesure de vous fournir la preuve que vous réclamez avant votre départ. Dans quel hôtel descendrez-vous à San Francisco ?

— Au Hilton, près de l'aéroport, répond James. Vous pourrez laisser un message là-bas, et nous vous rappellerons aussi vite que possible.

Je tends la main au Dr Seter.

— Il me tarde de vous revoir.

Le Dr Seter ne s'attendait pas à ce que je prenne congé aussi rapidement.

— Mais vous n'avez fait aucun commentaire sur ce que vous venez de voir !

D'une voix que je m'efforce de rendre aimable, je lance :

— C'est justement de ce que vous ne m'avez pas montré que j'aurais aimé m'entretenir avec vous...

James me prend alors par le bras.

— Je vous raccompagne, Alisa, si vous me le permettez.

Je lui souris.

— Vous m'en voyez ravie.

Une fois dehors, James est un modèle de politesse.

— J'espère que vous comprenez qu'il nous faille être prudents, me dit-il. Nous venons à peine de faire votre connaissance. Certes, nous sommes impressionnés par tout ce que vous savez au sujet du manuscrit de Suzama, mais nous ne pouvons pas brûler les étapes.

— Aucun problème, dis-je en ouvrant la portière de ma voiture. Personnellement, je n'aurais pas fait preuve à votre égard de l'ouverture d'esprit que vous avez témoignée, votre père et vous.

James sourit.

— En fait, Alisa, vous n'avez pas été particulièrement démonstrative.

Il garde le silence un instant, puis il lâche :

— Vous pourriez au moins me dire d'où vient votre manuscrit...

— L'Inde.

Il fronce les sourcils.

— Sérieusement ? De quelle ville, plus précisément ?

— Sri Nagar.

James hoche la tête.

— Je sais où se trouve cette ville. Dans l'Himalaya. Qu'êtes-vous allée faire là-bas ?

— Moi aussi, il m'est arrivé de faire des rêves tout à fait édifiants.

Je le regarde.

— Quel âge avez-vous, James ?

— Vingt-huit ans.

— Vous ne faites pas votre âge. Au fait, pour votre gouverne, sachez que j'en ai vingt-cinq.

— Je vous croyais beaucoup plus jeune, s'étonne-t-il. Pratiquez-vous certaines des techniques enseignées par Suzama ?

Je souris mystérieusement.

— Voilà une question un peu trop indiscrète. Je ne sais pas si j'ai envie d'y répondre.

— Allez, faites un petit effort... insiste-t-il.

— Écoutez, je vais passer un accord avec vous : si vous me racontez à quelles pratiques vous vous livrez, je vous dirai quelles sont les miennes.

Un sourire contrit apparaît sur son visage.

— Vous êtes une jeune femme intelligente, Alisa. Je ne sais pas s'il serait très malin de ma part de partager trop de secrets avec vous.

Avant de remonter dans ma voiture, je place la main sur le torse de James, et je plante mon regard dans le sien. Et pour la première fois, je remarque à quel point ses yeux noirs sont beaux, et son regard, pénétrant. Décidément, ce jeune homme est plus complexe que je ne l'avais d'abord estimé, malgré mon intuition de vampire. Un sentiment très doux m'envahit, et je me sens soudain pleine d'affection pour James, et aussi pour son père. Sous ma main, le cœur de James bat plus vite : il n'a peut-être pas confiance en moi, mais je sais au moins qu'il m'apprécie, et qu'il n'est pas impossible qu'il ait même envie de moi.

Bizarrement, moi aussi, j'ai soudain envie de lui. Depuis Ray, je n'ai éprouvé aucun désir physique, pour aucun homme. Avec Joel et Arturo, c'était l'amour qui me liait à eux. Mais voilà que ce James, sorti d'on ne sait où, me trouble profondément. S'il était là, Seymour en serait horriblement jaloux.

— Ce sont les secrets qui nous rendent intéressants aux yeux d'autrui, lui dis-je avant de déposer un baiser furtif sur sa joue.

— Amusez-vous bien à San Francisco, je vous téléphonerai.

Il m'attrape par le bras.

— Alisa, vous n'êtes pas comme les autres, me dit-il d'une voix très douce. Et je vais tout faire pour découvrir ce qui vous différencie des femmes que je connais.

J'éclate de rire.

— Et vous le raconterez au monde entier ?

Il me sourit, mais c'est d'une voix grave qu'il ajoute :

— J'ai l'impression que j'aurais beaucoup de mal à convaincre les gens...

Chapitre 4

Il est plus d'une heure du matin, mais je ne rentre pas tout de suite chez moi. La vampire que je suis trouve cette heure tardive plutôt agréable. Et puis, depuis que je ne suis plus humaine, j'ai découvert que je n'ai pas besoin d'autant de repos qu'avant – un petit somme par-ci, par-là me suffit amplement. Même quand le soleil est au zénith, mes pouvoirs n'en sont pas affectés. Une fois de plus, j'attribue ce changement au fait que je me suis servi du sang de Yaksha pour procéder à ma transformation.

Le sang de Yaksha, auquel j'avais ajouté quelques gouttes de celui du bébé de Paula.

Tout comme Seymour, j'en ressens l'influence jusque dans ma vie quotidienne.

Je décide de me rendre au Joshua Tree National Monument, et lorsque j'y arrive enfin, la lune est levée depuis longtemps. Le parc naturel est immense, et je n'ai pas la moindre idée de l'endroit où se tenait Paula quand la lumière bleue a jailli du ciel pour répandre sur elle sa bénédiction. Tout ce que je sais, c'est qu'elle était assise au bord d'une falaise, et qu'elle admirait le coucher de soleil. Elle prétend que le lendemain, une fois la lumière bleue disparue, les yuccas avaient grandi.

— Autour de moi, les yuccas avaient poussé – ils étaient tous plus grands que la veille.

— Tu en es certaine ?

— Absolument. La taille de certains avait même doublé.

Je gare la voiture dans un endroit que je juge à ma convenance, puis je commence à marcher sur le sable. Le clair de lune, qui déverse sur moi sa lueur argentée, semble jaillir du sommet de mon crâne, et cette impression me rappelle la fois où j'ai survécu à une explosion nucléaire en plein désert, à Las Vegas : j'avais survécu grâce au clair de lune, dont la lumière avait pénétré dans chacune des molécules de mon corps pour m'emporter très haut dans le ciel. Et tandis que je marche dans le sable parmi les yuccas, qui se dressent autour de moi tels des sentinelles d'un autre âge, j'ai l'impression de décoller à chacun de mes pas. C'est comme si chaque foulée me faisait rebondir, et j'avoue que cette idée me grise. Ah, m'envoler vers les étoiles et fuir la prison dans laquelle m'enferment tous mes problèmes... Mes bras nus commencent à luire : il émane d'eux une sorte de luminescence laiteuse et transparente à la fois. Pour un peu, je pourrais presque voir à travers ma propre chair.

C'est alors que je reconnais l'endroit. Une intuition foudroyante me dit que je suis arrivée, et je n'ai même pas besoin de vérifier autour de moi si les yuccas ont effectivement la taille indiquée par Paula. Je sais que je suis au bon endroit, c'est tout. Le sable irradie la tranquillité, et même la pureté, et cette sensation envahit tout mon être. De toute évidence, quelque chose de fort s'est produit ici. Une minute me suffit pour me retrouver à mon tour au bord de la falaise, à l'endroit où, j'en suis convaincue,

Paula a conçu son enfant. Levant les bras vers les étoiles, je m'écrie :

— Suzama ! Montre-moi ce que tu as vu !

Pas de réponse, du moins pas de réponse *claire*. Mais je me sens soudain terrassée par une fatigue inexplicable, et je m'assois. Fermant les paupières, je commence à méditer, calquant le rythme de ma respiration sur celui du mantra secret que je récite en silence. Bientôt, un flot de lumière se déverse, non pas du ciel au-dessus de ma tête, mais à l'intérieur de moi, et je me perds dans le souvenir étrange de nuits bouleversantes passées aux pieds d'une médium adorable, qui a assisté à la naissance de Dieu, mais aussi à sa mort. Évidemment, Suzama n'est pas morte aussi jeune sans raison, et il n'est pas impossible que j'y sois pour quelque chose.

Quand je suis arrivée en Égypte, cinquante années s'étaient écoulées depuis la mort de Krishna, qui avait marqué le début d'une ère funeste, connue sous le nom de Kâli Yuga. Suivant une caravane qui revenait d'Orient, des milliers d'années avant l'aventure de Marco Polo, je suis arrivée dans une Égypte qui regorgeait de splendeurs et de richesses. L'Égypte m'a éblouie, c'est vrai, surtout que j'étais également soulagée d'avoir quitté l'Inde, où Yaksha venait de déclarer une guerre sanglante contre tous les vampires, ayant juré à Krishna de les exterminer jusqu'au dernier.

Le soleil égyptien était difficile à supporter pour une jeune vampire comme moi. Voyageant à dos de chameau, j'étais forcée de me protéger des ardeurs du soleil en enveloppant ma tête d'un épais turban. Malgré ça, les rayons brûlants me perforaient le crâne, desséchant mon cerveau et laminant mes forces, mais la Grande Pyramide, quatre fois plus grande que celle qui porte ce nom aujourd'hui, m'emplit d'admiration dès que je l'aperçus. Recouverte de plaques d'ivoire étincelantes, encapuchonnée d'or massif, la vision de cette merveille me coupa le souffle. Et tandis que le soleil brûlant chauffait mon sang déjà bouillant, je ne pensais qu'à pénétrer à l'intérieur de la pyramide pour me reposer dans la fraîcheur de sa pénombre, et oublier toutes les épreuves qui avaient jalonné mon voyage. L'une des premières personnes que je rencontrai en arrivant en ville fut Suzama, et ce n'était pas une simple coïncidence, j'en ai la certitude.

Ce jour-là, elle n'était pas encore devenue la grande prêtresse qu'elle serait plus tard. Âgée d'à peine seize ans, avec de longs cheveux noirs et des yeux étincelants de bonté, elle portait la simple toge blanche des esclaves. Je la vis se pencher au-dessus du Nil pour y puiser de l'eau dans une grande jarre en terre cuite. Perchée sur mon chameau – épuisé, lui aussi – je me suis lentement approchée d'elle, et j'ai eu l'impression qu'elle se raidissait en m'apercevant. Elle a jeté un coup d'œil par-dessus son épaule, comme si elle avait senti que je la regardais. Plus tard, elle devait me confier qu'elle avait déjà eu, plusieurs fois, la vision de mon arrivée. Lorsque nos regards se sont croisés, mon cœur s'est emballé. Et même si je ne me souvenais pas de l'avoir vue dans l'un de mes rêves, j'ai immédiatement su que je n'oublierais jamais son visage…

N'importe où ailleurs, à n'importe quelle époque, Suzama aurait été considérée comme une femme séduisante, mais elle n'était pas simplement belle. Elle tirait son élégance de la vie austère et parfois pénible qu'elle menait, et sa jeune beauté, bien que marquée par les épreuves, n'en était que plus fascinante – comme si elle avait survécu aux souffrances d'une multitude de vies terrestres, et que son âme ait ainsi transcendé jusqu'à l'idée de la mort. Suzama était à la fois pure et sensuelle, et dès qu'elle souriait, ses lèvres charnues vous donnaient envie de l'embrasser. Dès que je l'ai vue, je l'ai aimée comme je n'avais encore jamais aimé quelqu'un, à l'exception du Grand Krishna.

Tendant vers moi sa cruche, Suzama m'a offert un peu d'eau.

— Je me nomme Suzama. Dis-moi qui tu es.

— Je suis Sita, ai-je répondu, lui révélant tout de suite mon véritable nom. J'ai bu l'eau qu'elle m'offrait, et j'ai rafraîchi mon visage poussiéreux. En ce temps-là, l'eau du Nil était claire et fraîche, et douce aux assoiffés. J'ai peur qu'il en soit autrement de nos jours.

— Je ne connais pas ton pays.

Suzama a secoué la tête.

— Cette terre est la tienne.

Puis elle a posé une main sur son cœur, et j'ai vu que des larmes embuaient ses yeux.

— Je sais qui tu es, Sita. Grands sont tes pouvoirs.

C'est ainsi que j'ai assisté, pour la première fois, à une démonstration des dons psychiques de Suzama. Elle avait des choses une connaissance intime qui ne devait rien aux influences extérieures. Plus tard, j'en suis même venue à penser que pour elle, le monde tout entier n'était qu'un rêve unique. Pourtant, paradoxalement, ce rêve pouvait la rendre intensément malheureuse : au fond d'elle-même, elle éprouvait des sentiments énigmatiques, qui l'éloignaient sans regret des passions matérielles, mais qui, en même temps, faisaient d'elle une femme passionnée. Quand elle m'a prise par la main pour me conduire chez elle, dans sa famille, j'ai eu l'impression de suivre un ange. Ce que je ne savais pas encore, c'est que pendant les trois années et demie qui allaient suivre, je ne la quitterais presque jamais. Elle n'avait pas encore conscience de la mission qui l'attendait, mais la révélation allait bientôt la foudroyer. Et moi, je serais son tonnerre...

Chapitre 5

Le matin suivant, je viens d'arriver dans mon sublime triplex à Pacific Palisades, un bijou d'architecture et de décoration intérieure, quand le téléphone se met à sonner. Au premier étage, Seymour ronfle paisiblement, mais la sonnerie me met soudain mal à l'aise : le numéro de la ligne est sur liste rouge. Qui donc peut m'appeler, surtout à une heure aussi matinale ?

Je décroche le combiné, et je l'approche lentement de mon oreille.

— Allô ?

Un silence lourd me répond, suivi d'une voix douce, qui s'exprime presque tendrement.

— C'est moi, dit la voix.

Dans mes veines, mon sang se fige.

— Kalika.

— Oui, Mère, vous vous souvenez donc de moi. C'est bien. Comment allez-vous, Mère ?

— Je vais bien. Et toi, Kalika ?

— À merveille. En plein boulot.

— Tu ne l'as pas encore trouvé, n'est-ce pas ? lui dis-je. Et tu ne le trouveras pas.

À l'autre bout du fil, Kalika sourit sans doute.

— Tu te trompes. Je ne l'ai pas trouvé, c'est vrai, mais ça ne va pas tarder. Et tu vas m'aider à le trouver.

— Alors là, ça m'étonnerait.

— Tu penses trop, tes pensées t'aveuglent. Je t'ai déjà dit que je n'ai pas l'intention de faire le moindre mal à cet enfant. Je suis ta fille, et tu devrais croire ce que je te dis. Même quand tu te mens, je te crois.

— Où es-tu ? lui demandé-je.

— Pas loin, mais en altitude. D'ici, on a une vue magnifique, tu sais...

— Comment t'es-tu procurée mon numéro ?

— Très facilement.

Une pause.

— Hier soir, je t'ai vue à cette conférence mortellement ennuyeuse. Tu parlais à ces gens.

Si c'était possible, mon cœur cesserait de battre. Je me suis contentée de parler à ces jeunes gens, et voilà qu'ils sont en danger de mort. Franchement, aimer aussi fort une personne qui me cause autant de chagrin, c'est vraiment injuste. Oui, le coup de téléphone de Kalika me glace, mais en même temps, je lui suis reconnaissante de m'avoir contactée. Les mères ne changeront jamais...

— Ces gens ne te concernent pas, Kalika, dis-je sèchement.

— Moi, je trouve que le vieux est sympa, mais j'ai bien vu que c'était le jeune qui te branchait. Plutôt craquant, pas vrai ? Une pause.

— Mais pour une fille, c'est un peu déplacé, non, de faire des commentaires sur les chevaliers servants de sa propre mère ?

— Non.

Kalika étouffe un rire.

— Rien n'est jamais comme on le croit... Le noir peut paraître blanc quand la lumière est trop forte, mais le blanc disparaît totalement dans l'obscurité. Pourquoi fais-tu confiance à tes yeux, et pas à moi ?

— Parce que tu es une meurtrière capable de tuer de sang-froid n'importe quelle victime innocente.

— Oh... Personne n'est parfait. Depuis quand te crois-tu autorisée à me faire la morale ?

— Tu es bien placée pour le savoir, lui dis-je d'une voix amère.

— Effectivement. Comment va Seymour ?

— Il est mort.

— Hier soir, à la conférence, c'est donc son cadavre que j'ai aperçu ?

Je soupire.

— Seymour va bien, mais ce n'est pas à toi qu'il le doit.

— Tu vois, je peux être miséricordieuse, quand j'en ai envie. Moi aussi, je suis une mère.

— Tu as téléphoné à Paula, tu as imité ma voix, mais elle ne t'a pas rappelée.

— C'est vrai, dit Kalika. Mais Suzama, elle, saurait comment arranger un rendez-vous avec Paula. Peut-être qu'elle t'a laissé des instructions précises à ce sujet dans son manuscrit. Tu la connaissais, je crois ?

J'hésite à répondre.

— Oui, je connaissais Suzama.

— Et tu l'aimes toujours autant, bien que tu ne saches pas ce qui a causé sa mort.

— Elle est morte avec les autres Setians, pendant le grand tremblement de terre qui a ravagé l'Égypte, et je peux t'assurer que sa mort n'est absolument pas mystérieuse.

— Mais qui étaient donc ces Setians ? Ils étaient là, devant toi, et tu ne les as pas reconnus.

— Mais j'ai fini par comprendre qu'ils étaient mauvais. Et même diaboliques.

Kalika se moque de moi.

— Tu l'as peut-être compris, mais trop tard pour sauver Suzama.

— Pourquoi me parles-tu des Setians ? Encore un de tes vieux trucs de manipulatrice ? Tu essaies de m'embrouiller, c'est ça ? Si tu veux m'attaquer, je suis d'accord, parce que tes petites combines finissent par me lasser. Tu ne me fais pas peur, tu sais.

Kalika reste un long moment silencieuse. Et tandis qu'elle tarde à répondre, je tends l'oreille : des bruits d'eau me parviennent confusément. Ma fille se trouve probablement à proximité d'une fenêtre ouverte, elle est même peut-être sur un balcon. En tout cas, elle est à côté d'une piscine, j'en suis sûre. Une piscine qui doit se situer en contrebas. Une piscine bondée, où des enfants se disputent un ballon à grands renforts de rires et de cris, et où des athlètes plus sérieux s'entraînent... sérieusement. J'entends même le bruit de leurs bras giflant l'eau à la fin de chaque longueur. À en juger par le vacarme, il y a beaucoup de monde. La piscine est de taille olympique, et les bassins de cette taille étant rares à Los Angeles, je ne devrais avoir aucune difficulté à m'en procurer la liste.

Kalika se décide enfin à parler.

— Je n'ai pas l'intention de te faire du mal, Mère. Seul l'enfant m'intéresse, mais si tu te mets en travers de ma route, je ne peux pas te promettre que toi ou ton Seymour adoré n'en pâtirez pas.

Et elle ajoute :

— Ce n'est pas une menace, mais une simple remarque.

— Merci, tu me rassures. Pourquoi m'appelles-tu, Kalika.

— Pour le plaisir d'entendre ta voix. J'ignore pourquoi, mais le son de ta voix éveille en moi des sentiments... particuliers.

— Je ne te crois pas, lui dis-je.

— Pourtant, je dis la vérité.

— Quelle est la véritable raison de ce coup de téléphone ?

— Si je te le dis, ce sera moins drôle.

Kalika se tait un instant, puis elle lance :

— Je peux faire quelque chose pour toi, Mère ?

— Je veux que tu fiches la paix au Dr Seter et à la Suzama Society. Et laisse l'enfant là où il est.

Kalika hésite.

— J'ai peur que ce soit impossible. Désires-tu autre chose ?

Épuisée, je m'adosse au mur.

— Tu sais, Kalika, la nuit de ta naissance a été un moment difficile pour moi. L'accouchement a été très douloureux, et j'ai perdu beaucoup de sang. J'ai même failli mourir, et quand je t'ai prise dans mes bras pour te regarder, j'ai vu tes yeux et j'ai eu peur. Je savais déjà que tu n'étais pas normale, même pour un bébé vampire. Mais malgré ça, au fond de moi j'étais comblée, et plus heureuse que je ne l'avais jamais été au cours de toute ma longue existence. J'ai compris plus tard que j'avais toujours voulu une petite fille, et je l'avais enfin : tu étais un cadeau de Dieu, et je L'ai remercié.

Je reprends mon souffle.

— Tu comprends ce que je suis en train de te dire ?

— Oui.

— Tu es ce que tu es, Kalika. Tu es un prédateur, comme moi, et je peux donc te comprendre. Mais au fil des siècles, j'ai appris à contrôler mon instinct de tueuse, et je tue lorsque c'est absolument nécessaire. Il faut que tu apprennes à faire la même chose.

Je garde le silence quelques secondes, puis je dis fermement :

— C'est tout ce que je te demande, Kalika. Rien d'autre.

Elle réfléchit un instant, et quand elle me parle à nouveau, c'est d'une voix particulièrement douce. J'ai l'impression qu'elle parle directement à mon cerveau, et ce qu'elle me dit est étrangement touchant.

— Je peux faire ça pour toi, Mère, mais en ce qui concerne nos listes respectives de futures victimes, la mienne est carrément différente de la tienne. Ray, le fantôme, n'était que l'une de tes illusions, un bel exemple de *maya*. Ton désir de retrouver ta première fille, Lalita, est encore l'une de ces illusions que tu t'obstines à entretenir. Tu voulais une fille, et c'est la raison pour laquelle je t'ai été donnée – l'une des raisons. Mais celui qui soulève le voile recouvrant l'illusion n'élucide pas pour autant le mystère de la volonté divine, qui reste insondable. Sous le voile souillé, l'absolu est immaculé, mais le premier ne révèle rien de la nature du second. Et de la même façon, je suis ta fille, c'est vrai, mais ça ne t'aide pas à me comprendre. Pour toi, je reste une énigme.

Si je veux résister au sort que Kalika essaie subtilement de jeter sur moi, il est temps que je réagisse.

Un souvenir précis me rappelle que cette ensorceleuse est en train de me manipuler.

— Les tortures que tu as fait subir à Eric étaient dues à la volonté de Dieu ?

Sur un ton détaché, Kalika déclare :

— J'ai agi de la sorte avec Eric pour te forcer à me dire où se trouve l'enfant.

Un silence.

— D'ailleurs, il était gravement malade, et il n'aurait pas vécu beaucoup plus longtemps. Sa prochaine réincarnation lui sera plus favorable.

Je ricane.

— Bien sûr qu'il n'allait pas bien ! Tu buvais son sang nuit et jour ! Il est mort dans d'atroces souffrances, et tout ça à cause de toi !

— C'est vrai, il a souffert, et en plus, il a taché ma jolie robe avec son sang ! Kalika part alors d'un grand éclat de rire.

— Au revoir, Mère, et ne pense pas trop à ce que je t'ai dit, tu risques de ne plus rien comprendre du tout. Aie foi en ta fille, c'est la seule chose, à présent, qui peut t'empêcher de souffrir encore plus...

Et elle raccroche.

Chapitre 6

Quand Seymour descend prendre son petit déjeuner, je suis déjà assise à la table de la cuisine. Je lui ai préparé sa dose de cholestérol préféré – œufs au plat et bacon. Enveloppé dans un peignoir jaune, il vient tout juste de prendre une douche, et il s'assoit face à moi en me souriant, tandis que je lui sers un verre de jus d'oranges fraîchement pressées.

— Un de ces jours, tu seras une épouse parfaite, me dit-il.

— Je te remercie. Et toi, un de ces jours, tu seras responsable de ma dépression nerveuse.

— Tu te fais trop de souci, Alisa. Je suis allé au cinéma, c'est tout. Toi, par contre, Dieu seul sait où tu es allée…

Saisissant sa fourchette, Seymour entreprend de goûter ses œufs au plat.

— Tu as pensé à acheter le journal ? Non ? Tu sais bien qu'il m'est impossible d'apprécier mon petit déj si je ne suis pas informé, dès le matin, des derniers faits divers ! s'exclame-t-il. Seymour adore plaisanter…

Mais je n'ai pas envie de rire.

— Les dernières nouvelles, c'est moi qui vais te les apprendre.

D'un air appliqué, Seymour beurre son toast.

— Qu'est-ce qui se passe ? Suzama a prédit que j'étais le prochain messie ?

— Le manuscrit est authentique.

— Tu l'as vu ?

— Oui, en partie. C'est bien Suzama qui a écrit le texte.

Il repose son couteau.

— Mais comment expliques-tu que tu ne l'aies jamais vue en train d'y travailler ?

— Je passais le plus clair de mon temps avec elle, mais il nous arrivait d'être séparées, et elle aurait tout à fait pu rédiger ce texte sans que je m'en aperçoive.

— Elle ne t'en a pas parlé ? À toi, sa meilleure amie ?

— Non, elle n'en a jamais rien dit. Mais Suzama n'éprouvait pas le besoin de se confier, et je doute qu'elle en ait parlé à quelqu'un d'autre. Pourtant, elle a pris soin de laisser le manuscrit dans un endroit où il était facile de le retrouver – à la date qu'elle avait prévue.

Il réfléchit un instant.

— Comment as-tu persuadé le Dr Seter de te montrer le manuscrit ?

La question de Seymour n'est pas complètement innocente.

— Tu voudrais savoir si j'ai couché avec son fils ?

— Après m'avoir brutalement renvoyé, tu as eu une longue conversation avec ce jeune homme, conviens-en...

— Je ne t'ai pas renvoyé *brutalement*, je t'ai simplement conseillé d'aller faire un tour et de te détendre un peu.

Je souris à Seymour.

— J'ai raconté au père et au fils que je possédais, moi aussi, un manuscrit similaire, et ils crèvent d'envie de l'examiner.

— Génial. Si tu veux, on peut même en fabriquer un cet après-midi. Il nous suffit de nous procurer un rouleau de papyrus égyptien et de le laisser vieillir au soleil, et après, tu me feras une démonstration de tes talents de calligraphe.

Seymour me lance un regard navré.

— Pas très créatif, ton mensonge.

— En tout cas, ça a marché.

Je fronce les sourcils.

— Il faudra que je leur montre quelque chose de conséquent, si je veux qu'ils m'autorisent à étudier le reste de leur manuscrit.

— Et si tu leur proposais un sacrifice humain ? Avec moi dans le rôle de la jeune vierge, par exemple ?

— Arrête, Seymour. Ils sont moins terribles que tu ne sembles le croire.

Et j'ajoute en souriant :

— Bien qu'ils organisent des séances d'entraînement à l'arme automatique en plein désert.

— Une bonne petite secte de bons petits Américains, quoi.

— Non, je doute que nous ayons affaire à une secte, mais ils sont armés jusqu'aux dents, c'est vrai. J'ai écouté une conversation entre le Dr Seter et son fils, qui ne se doutaient pas que j'étais en train de les espionner.

Après quelques secondes de réflexion, je lance :

— Après tout, cet arsenal pourrait nous être très utile.

— Pourquoi ?

— Kalika m'a téléphoné.

Seymour se fige.

— Quand ?

— Il y a une demi-heure.

— Elle a appelé ici même ?

— Oui.

La nouvelle lui a coupé l'appétit, et il se tourne vers la fenêtre, le regard fixe. Il est livide. Au loin, l'océan Pacifique roule ses vagues bleues. Mais quand le sang coule, Seymour et moi sommes bien placés pour savoir que l'océan peut facilement virer au rouge... Seymour ne se souvient pas très bien de ce que Kalika lui a fait, mais je crois qu'il est temps de lui raconter ce qui s'est passé. Entre autres.

— Comment... Comment a-t-elle trouvé ton numéro de téléphone ? bredouille-t-il.

— Kalika se débrouille toujours pour obtenir tout ce qu'elle désire.

— Si elle a le numéro, elle a aussi l'adresse. Peut-être qu'elle est déjà en route pour venir ici...

Je secoue la tête.

— Si elle avait vraiment l'intention de nous tuer, elle n'aurait pas téléphoné avant de se pointer ici.

— Pour quelle raison a-t-elle appelé, alors ?

— Elle m'a dit qu'elle avait envie d'entendre le son de ma voix.

— Comme Hitler appelant sa maman avant de s'endormir ?

— Elle n'a pas encore découvert où se cache l'enfant, et elle veut que je l'aide à le retrouver.

— Mais tu ignores où il se trouve ! s'étonne Seymour.

— Kalika le sait, mais j'ai l'impression qu'elle compte quand même sur moi pour la mettre sur la piste de Paula et du bébé.

Seymour est intrigué, et je sais à l'avance quelle va être sa prochaine question.

— Alisa, qu'est-ce qu'il a d'aussi spécial, ce bébé ?

Avant de lui répondre, je me verse un grand verre de jus d'oranges. Depuis que je suis redevenue une vampire, je n'ai bu du sang que trois fois, et aucune de mes victimes n'a eu à le regretter le lendemain matin. Je soupçonne Yaksha, à la fin de sa vie, de ne plus avoir eu besoin de sang pour survivre. Pourtant, comme il a bon goût, cet incomparable élixir écarlate que je remplace dorénavant par du jus d'oranges !...

— Ce bébé pourrait être celui que Suzama mentionne dans son manuscrit, dis-je d'une voix calme.

Incrédule, Seymour me fixe.

— Tu plaisantes, Alisa ?

— Pas du tout.

— C'est ridicule, fulmine Seymour. D'accord, je crois à l'existence des vampires. Je crois à ton existence, je crois même à l'existence de ta folle de fille. Mais je refuse de croire que Jésus vient de naître dans une maternité de Los Angeles. Désolé, Alisa, mais je ne *peux* pas le croire : toute cette histoire est vraiment trop bizarre.

— Tu te souviens de ce qui t'est arrivé après que Kalika t'a balancé dans l'océan ?

Seymour hésite.

— Ouais, je m'en souviens. L'eau était glacée, j'ai subi un choc thermique, je me suis évanoui et tu as plongé pour me sauver.

— Où as-tu repris conscience ?

— Là-haut, dans la montagne. Le lendemain matin.

— Tu es resté sans connaissance pendant une longue période, tu ne trouves pas ?

— Et alors ? Quel rapport avec le bébé de Paula ?

Avec des mots choisis, je tente de lui répondre.

— Seymour, tu ne t'es pas simplement évanoui dans l'eau glacée. Kalika ne s'est pas contentée de te jeter à l'eau, elle t'a également planté un pieu dans le dos. Un pieu en forme de javelot.

Je marque une pause.

— Et elle l'a lancé avec une telle force qu'il t'a endommagé la colonne vertébrale et perforé l'estomac.

D'un bond, Seymour se lève.

— C'est faux.

— Au contraire, c'est vrai. J'ai sauté dans l'eau et je t'ai ramené à terre, comme je te l'ai déjà raconté. Mais une fois étendu sur la plage, tu as perdu conscience.

Il s'agite.

— Tu peux me dire comment la cicatrice a disparu ? Tu m'as pourtant assuré que tu ne m'avais pas donné de ton sang.

— Sur le moment, j'ai voulu te sauver avec mon propre sang, mais j'avais peur de provoquer une hémorragie fatale en retirant le pieu.

Haussant les épaules, je poursuis :

— Alors, j'ai laissé le pieu là où il était.

Seymour respire plus vite.

— Tu n'as pas répondu à ma question.

Me levant à mon tour, je m'approche de lui et je pose une main sur son épaule.

— Tu avais perdu beaucoup trop de sang, Seymour, et je ne pouvais plus te sauver.

Prenant une profonde inspiration, je lui révèle la vérité :

— Ce soir-là, tu es mort, allongé sur la plage.

Il se force à sourire.

— Mais oui, c'est ça. Et moi, je suis Lazare, ressuscité d'entre les morts.

— J'avais un flacon contenant quelques gouttes de sang appartenant au bébé de Paula, que j'avais dérobé à l'infirmière chargée de s'occuper de lui à la maternité. Quand je t'ai emporté dans la montagne, j'ai pris ce flacon avec moi.

— Pourquoi m'as-tu emmené là-haut ? Tu ne m'as jamais rien expliqué...

— C'était dans le but de brûler ton corps. Tu te souviens sûrement qu'à ton réveil, tu étais étendu sur une grande pile de bois.

Ma main serre un peu plus fort son épaule.

— Seymour...

Reculant d'un pas, il se met à trembler.

— Non, c'est impossible, tu inventes toute cette histoire. Je n'ai pas pu mourir, puisque je suis vivant. Quand on meurt, c'est pour de bon. Sita, arrête de me mentir, je t'en prie. Tout ça me fait peur, et je n'aime pas du tout cette sensation.

Patiemment, je poursuis mon récit.

— Juste avant d'allumer le bûcher funéraire que j'avais improvisé, un étrange sentiment s'est emparé de moi. Mes yeux étaient rivés sur toi, je venais d'allumer mon briquet, mais je n'arrivais pas à croire que tu étais réellement mort. C'est à ce moment-là que je me suis souvenue du flacon, et je l'ai sorti de ma poche. Ensuite, j'ai versé quelques gouttes de sang sur tes blessures et dans ta bouche, et je me suis éloignée. Réfugiée derrière un arbre, j'ai prié Dieu, afin que tout se déroule comme je l'espérais.

Me rapprochant à nouveau de Seymour, je lui prends la main. Nos yeux sont embués de larmes.

— Et quand je suis revenue près de toi, tu étais vivant, Seymour. C'était un véritable miracle. Tu étais assis au sommet de la pile de bois, et tout allait bien.

Tout en déposant un baiser sur sa joue, je lui murmure à l'oreille :

— Tu sais que jamais je ne te mentirai. Je ne mens jamais à ceux que j'aime.

Seymour tremble encore de tous ses membres.

— Mais je ne me souviens pas de tout ça...

— Peut-être que cette amnésie fait partie du miracle. Il est peut-être préférable que tu aies oublié ce qui s'est passé.

Il tourne vers moi un visage de petit garçon triste.

— Elle m'a vraiment tué ?

— Oui.

— Et c'est le sang de ce bébé qui m'a ressuscité ?

— Oui.

Seymour est à la fois émerveillé et profondément choqué.

— Ça signifie que...

Mais il ne parvient pas à finir sa phrase.

— Oui.

Pressant mon visage contre son torse, j'essuie mes larmes contre son peignoir.

— Il ne faut pas que Kalika puisse trouver Paula et son bébé. Je ne peux pas la laisser faire. Il faut que je l'en empêche, et le seul moyen dont je dispose, c'est de la tuer.

Tendrement, Seymour me caresse les cheveux. Voilà que c'est lui, maintenant, qui me console... Quelle belle paire nous formons !

— Est-elle... tuable ? me demande-t-il.

Je relève la tête.

— Je pense que oui. Yaksha lui-même a été tué.

— Mais Kalika est plus puissante que Yaksha ne l'était, tu me l'as dit toi-même.

Je me tourne vers la fenêtre, et l'océan.

— Pour survivre, elle est obligée de boire le sang de ses victimes, dis-je. Elle a des besoins que seule la chair humaine peut satisfaire. Une partie de Kalika est donc forcément mortelle : elle n'est pas invulnérable.

— On peut l'abattre avec une arme automatique ? Seymour se remet du choc subi tout à l'heure. Sa force intérieure m'étonnera toujours. En tout cas, même s'il refuse de l'admettre, c'est devenu un croyant, à présent. Peut-être qu'en son temps, Lazare s'est comporté de la même manière, et qu'il a prétendu qu'il n'était pas mort.

— Pour l'amour du Ciel, Jésus, je te dis que j'avais chopé la grippe, c'est tout.

— Ouais, c'est ça, mon pote... Tu peux m'expliquer pourquoi tu pues comme ça ?

Tournant le dos à Seymour, je continue à parler.

— J'ai pensé à demander de l'aide à la Suzama Society, mais il faudrait pour ça que je raconte tout ce qui s'est passé, voire que je révèle ma nature de vampire. Ils risquent de me demander de leur faire une démonstration...

— Non, Alisa, impossible. Après s'être débarrassés de Kalika, ils te tueront, histoire de limiter les risques, déclare Seymour. Kalika est-elle décrite dans le manuscrit ?

— Finement raisonné, Seymour. Oui, il y a une description de Kalika dans le texte, mais ils ne m'ont pas montré cette partie-là du manuscrit. Et je sais qu'ils connaissent l'existence de Kalika uniquement parce que j'ai espionné la conversation entre le Dr Seter et son fils.

— Ils la connaissent sous le nom de Kalika ?

— Ils l'appellent la Mère Noire, mais c'est pareil.

Je fais la grimace.

— Et ils ont d'elle une opinion vraiment désastreuse.

— Ça ne m'étonne pas trop. Surtout si Suzama a fait d'elle une description précise.

Seymour se gratte la tête.

— Tu ne peux pas leur dire que tu es une vampire, ni leur raconter que tu connaissais personnellement Suzama. Ils vont te demander de boire du sang humain devant eux, histoire de prouver ta bonne foi, et dès que tu auras terminé, ils t'abattront comme un chien. Mais si tu parviens à décrire Kalika dans des termes suffisamment éloquents, tu les convaincras peut-être de te filer un coup de main. Combien sont-ils, dans cette association ?

— Deux douzaines, ce qui est déjà une petite armée, en tenant compte des armes dont ils disposent.

— Tu pourrais leur filer quelques-unes de tes petites merveilles de technologie avancée...

— J'y ai déjà pensé, dis-je.

— Le seul problème, c'est que tu ignores où se trouve ta fille.

— Là, tu te trompes, Seymour.

Et je lui explique qu'au téléphone, Kalika m'a parlé d'une vue magnifique, et que j'ai entendu les ébats de baigneurs dans une piscine. Mais les indices que je lui soumets paraissent inquiéter Seymour.

— Elle t'a parlé du panorama ? me dit-il. Kalika a pris la peine de sortir sur le balcon avant de t'appeler, tout en sachant parfaitement que tu bénéficies d'une ouïe exceptionnelle ? Elle sait probablement que très peu d'endroits correspondent à la description de la résidence où elle se trouve. À ton avis, il s'agit d'un simple hasard ?

— C'est peut-être un piège. Elle m'a menti, et elle nous attend là-bas.

— Elle attend peut-être que la Suzama Society tout entière débarque chez elle. Si Kalika t'a suivie, hier soir, elle se doute peut-être que tu appelleras l'association à la rescousse.

— Je ne sais pas si elle prend ces jeunes gens au sérieux. Elle a même jugé bon de me préciser qu'elle avait trouvé la conférence carrément barbante.

Je réfléchis.

— En plus, elle m'a promis qu'elle ne tuerait que si c'était vraiment indispensable.

— Quel soulagement ! Franchement, je me sens beaucoup mieux, maintenant que je le sais. La Mère des Ténèbres jure à sa vampire de maman qu'elle sera sage, à condition que personne ne l'embête... Si je comprends bien, la Suzama Society estime qu'il est de son devoir de tuer Kalika. Personnellement, je crois que ta fille n'a pas du tout envie d'attendre tranquillement qu'on vienne lui mettre une balle dans la tête.

Je secoue la tête.

— Kalika a pas mal de défauts, mais je ne crois pas qu'elle m'aurait fait une promesse sans avoir l'intention de la tenir.

— Donc, tu crois aussi qu'elle ne fera aucun mal au bébé...

— Non. Il est évident qu'elle a l'intention d'éliminer cet enfant, puisqu'elle a déjà tué en essayant d'arriver jusqu'à lui. Nous n'avons pas affaire à une illuminée qui se contentera de l'adorer en silence. Non, sa promesse était d'une nature différente : c'est elle qui m'a demandé si elle pouvait faire quelque chose pour moi.

— Quoi qu'il en soit, si les jeunes gens de la Suzama Society ont envie de s'en tirer, ils auront intérêt à frapper fort, et tout de suite.

— Tout à fait d'accord avec toi. Mais devons-nous les aider ? Faut-il que nous risquions nos propres vies ? En avons-nous seulement le droit ?

Seymour hausse les épaules.

— C'est à eux de décider.

— Ne sois pas aussi abrupt, Seymour. Quoi que nous leur disions, ils ne comprendront qui est Kalika qu'une fois qu'ils seront confrontés directement à elle.

— C'est bien ce que je disais. Ils n'ont pas décidé d'agir sur un coup de tête : ces jeunes gens croient profondément à ce qu'ils font. Dans ce combat, ils ont engagé leur vie tout entière. Sans compter que l'enjeu de la partie n'est pas négligeable. Si ce bébé se révèle être Celui-Que-Le-Monde-Attend, il faut qu'il ait la vie sauve, et que Kalika soit éliminée coûte que coûte.

Je hoche la tête.

— Quand elle est née, tu m'as dit un truc similaire, dis-je à Seymour d'une voix qui trahit ma tristesse.

— Exact. Mais toi, tu voulais lui donner une chance...

Gentiment, Seymour me tape dans le dos.

— Désolé d'être aussi brutal. Tu sais, je suis en train de me dire que nous devrions nous procurer autant d'armes que possible, et nous lancer à la poursuite de Kalika dès aujourd'hui. Si nous la retrouvons, et si nous survivons à la rencontre, il nous sera facile de convaincre le Dr Seter. Le problème, c'est de savoir jusqu'où tu es prête à aller pour le persuader.

— *N'y a-t-il rien que je puisse faire pour toi, Mère ?*

— Ce bébé est très spécial, aucun doute là-dessus. Mais pour moi, même si elle est diabolique, Kalika est tout aussi spéciale, dis-je à Seymour. Accablée, je penche la tête.

— Je ne sais plus si je dois prier pour que nous la retrouvions, ou pas...

Chapitre 7

Un agent immobilier m'informe qu'à Los Angeles, il n'y a guère qu'une douzaine d'endroits correspondant à cette description : un immeuble résidentiel doté d'une piscine privée. Celui possédant la plus grande piscine se trouve à Century City, dans Century City Park East. Seymour et moi, nous décidons de commencer par là. Avec ses deux tours jumelles dressant leurs vingt étages vers le ciel, la résidence est plutôt huppée : on y trouve un parking souterrain, un gymnase, et un court de tennis juste à côté de la merveilleuse piscine. Laissant à l'employé du parking le soin de garer ma voiture, je ne me dirige pas tout de suite vers la réceptionniste.

— Je comprends ce que tu veux dire en parlant de piège, dis-je à Seymour, qui a insisté pour m'accompagner – il tient à faire le guet, m'a-t-il dit.

— Mais il y a de fortes chances pour que Kalika ne se doute même pas que nous sommes ici, et je n'ai pas du tout envie de donner son nom à la réception et de la faire appeler.

— Je te rappelle qu'elle opère vraisemblablement sous un faux nom. Tu as apporté une photo de Kalika ?

— Oui. J'en ai plusieurs, que j'avais prises alors qu'elle avait déjà atteint l'âge adulte, mais je n'ai pas envie de prendre le moindre risque. Si nous mettons la pression sur la réceptionniste, si nous lui montrons la photo de Kalika, il se peut qu'elle aille lui répéter qu'on la cherche. Les employés de ce genre de résidence sont spécialement formés pour rendre ce type de service aux locataires. Je préférerais d'abord jeter un coup d'œil au parking. Si Kalika possède une voiture, ce sera sans doute une voiture neuve, et je devrais pouvoir identifier son odeur.

— Kalika est peut-être sortie... rétorque Seymour.

— Possible. Mais commençons par le parking, si tu veux bien.

Nous prenons donc la direction du sous-sol. Élégants comme nous le sommes, personne ne prête attention à nous. Une fois dans le second sous-sol, j'aperçois une Mercedes blanche toute neuve. Le véhicule se trouve à une douzaine de mètres de moi, je ne perçois aucune odeur particulière, mais la Mercedes éveille pourtant ma curiosité. Serait-il possible qu'elle émette des *vibrations* ? Kalika possède indéniablement une aura très puissante.

Un instant plus tard, je pose la main sur la carrosserie blanche.

— Si c'est la voiture de Kalika, lance Seymour, on peut dire qu'elle a bon goût, ta fille.

— Il faut que je sente l'intérieur, dis-je.

Seymour me fait alors remarquer un minuscule voyant rouge, qui clignote à côté du volant.

— Attention à l'alarme.

— Je l'ai vue, merci, dis-je en plaquant les mains sur la vitre, côté conducteur. Très lentement, j'entreprends d'abaisser la vitre de quelques millimètres, et je colle mon nez contre l'interstice. En effet, je sens une faible odeur de musc, que les Vedas associent à Kâli. Mais je n'ai pas besoin des Vedas pour identifier l'odeur de ma propre fille. Ce parfum de musc m'emplit de nostalgie, sans que je sache réellement pourquoi. Ray et ma fille bien-aimée n'ont jamais fait en sorte que nous ayons une vie de famille normale : Ray était un fantôme, et Kalika, un démon. Je regarde Seymour.

— Cette voiture lui appartient, j'en suis certaine.

Il n'a plus l'air aussi content que tout à l'heure. Même s'il ne se souvient pas du pieu que Kalika lui a planté dans le dos, il était avec elle quand elle a égorgé Eric. Après avoir soigneusement remis la vitre en place, j'essuie les traces que mes paumes ont laissées sur le verre.

— Tirons-nous d'ici, dit Seymour.

Je note le numéro inscrit au-dessus de l'emplacement réservé à la Mercedes.

— 1 821. Ce doit être le numéro de son appartement. Seymour, il faut que nous passions en revue tous les appartements de cet immeuble.

— Sortons d'abord de ce parking, suggère-t-il.

— D'accord. On va monter dans les étages de l'immeuble qui se trouve face à l'entrée du parking, et dès que nous verrons la Mercedes, je foncerai chez Kalika et je fouillerai tout l'appartement.

Il déglutit.

— Tu crois vraiment que c'est une bonne idée ?

— Toi, tu n'es pas obligé de m'accompagner. Je me charge de tout.

— Eh, je n'ai pas envie que tu me prennes pour un lâche.

— Ça fait longtemps que je sais que tu es un trouillard, Seymour, répliqué-je.

Piqué au vif, il n'apprécie guère ma petite plaisanterie.

— C'est pour ça que tu refuses de coucher avec moi ?

— Non, c'est parce que tu es encore un petit morveux. Viens, sortons d'ici.

Dehors, après avoir traversé Olympic Boulevard, nous entrons dans l'une des tours qui dominent de toute leur hauteur le bâtiment dans lequel se trouve l'appartement de Kalika. Cette tour compte quarante étages, soit deux fois plus que celle qui nous intéresse. Un coup d'œil à la liste affichée dans le hall de l'entrée principale m'apprend que les appartements 3450, 3670, 3 810 et 2 520 ne sont pas occupés. Prenant Seymour par la main, je l'entraîne vers l'ascenseur qui nous emporte aussitôt vers le trente-sixième étage.

Comme nous sommes seuls, Seymour en profite pour me faire part de ses réflexions.

— Peut-être qu'elle ne sort jamais de chez elle... Si ça se trouve, on va attendre toute la journée pour rien.

— Libre à toi d'aller au cinoche, si tu préfères.

— Ce n'est pas juste. Toi, tu es une vampire, mais moi, elle me fait peur, ta fille.

— Souviens-toi que la dernière fois que j'ai tenté de l'attaquer, sur la jetée à Santa Monica, elle m'a attrapé le pied avant même que j'aie eu le temps de la toucher, et elle m'a pété la cheville.

Je secoue la tête.

— Si ça lui chante, elle n'aura aucun mal à me tuer, je t'assure.

— Et tu crois qu'une balle dans la tête suffira à l'arrêter ?

— Franchement, qui peut répondre à cette question ?

La suite 3 670 semble vide. Avant de forcer la serrure, je plaque mon oreille contre la porte, puis nous entrons à l'intérieur de l'immense appartement en prenant soin de refermer la porte derrière nous. La suite 3 670 offre une vue plongeante sur les deux tours jumelles, et de là, nous pouvons surveiller le parking tout à notre aise. Si Kalika réclame sa voiture, ou si elle décide de la sortir elle-même, nous le saurons tout de suite. Rapidement, je passe en revue la partie du dix-huitième étage qui se trouve en face de nous. L'appartement 1 821 est peut-être là, sous nos yeux, mais pour le savoir, il faudrait que je puisse consulter le plan du bâtiment, mais comme tous les appartements situés à cet étage ont leurs stores baissés, même si j'étais en face de l'appartement de Kalika, rien ne me permettrait de m'en assurer.

Assise par terre, je répartis les tours de garde entre Seymour et moi – bien que seuls mes yeux soient véritablement utiles. À cette hauteur, Seymour serait bien incapable de reconnaître sa propre mère si cette dernière devait sortir de l'immeuble qui nous fait face.

Une heure passe. Affamé, Seymour décide d'aller s'acheter un sandwich, et alors qu'il vient de s'absenter, je remarque qu'une splendide jeune femme brune, avec de longs cheveux, est en train de sortir de la résidence. Le voiturier venant de lui remettre les clés de la Mercedes après l'avoir sortie du garage, elle lui tend un billet d'un dollar et s'installe au volant. C'est bien la Mère des Ténèbres, le fléau décrit dans les prophéties de Suzama... Ma propre fille.

— Kalika... dis-je à l'abri de la baie vitrée. Qu'est-ce que tu veux, Kalika ?

La Mercedes démarre et s'engage sur la chaussée. En un éclair, je sors de l'appartement, manquant de peu de percuter Seymour, qui revenait tranquillement, un sandwich à la main. Un coup d'œil sur mon visage lui suffit à piger ce qui se passe, et il s'affole immédiatement. Je lève la main :

— Seymour, je veux que tu restes ici. Moi, je file chez Kalika, où tu ne me serais d'aucun secours.

— Mais il faut que quelqu'un fasse le guet pendant que tu seras à l'intérieur ! proteste-t-il.

— Non.

— Mais je ne peux quand même pas me croiser les bras pendant que tu prends tous les risques !

Pas question de briser ce bel élan ou, pire, de froisser sa susceptibilité, et comme je ne suis pas d'humeur à discuter, j'accepte la courageuse proposition de Seymour.

— D'accord, viens avec moi. Mais si elle t'arrache les yeux, tu n'auras pas intérêt à te plaindre...

Balançant le sandwich dans la poubelle la plus proche, il fonce avec moi dans l'ascenseur.

Cette fois, quand nous arrivons dans le hall d'entrée de la tour, je n'ai pas d'autre choix que de m'adresser à la réceptionniste, mais je me débrouille pour réduire notre conversation à sa plus simple expression. La fixant droit dans les yeux, je fais appel à toute ma volonté, et sans émettre le moindre son, j'articule lentement :

— *Ouvrez la porte.*

Quelques secondes plus tard, les battants s'ouvrent devant Seymour et moi.

Naturellement, l'appartement 1 821 se trouve au dix-huitième étage. Je n'ai pas envie de forcer la serrure de la porte d'entrée, parce que je voudrais vraiment que Kalika ne puisse pas se douter que je lui ai rendu une petite visite. À l'aide de deux petites tiges métalliques dont j'ai pris soin de me munir, je n'ai besoin que d'une petite minute pour faire céder la serrure, et la porte s'ouvre. Seymour se tient derrière moi. Il est livide.

— Franchement, ce genre d'aventures, je trouve qu'il est beaucoup plus marrant de les écrire que de les vivre, murmure-t-il.

— Chut !

Et nous entrons chez Kalika, refermant soigneusement la porte derrière nous.

— Seymour, va sur le balcon qui donne sur la rue, et préviens-moi dès que tu aperçois la Mercedes blanche.

— Et toi, tu fais quoi ?

— Je vais essayer de trouver des indices susceptibles de nous renseigner sur les intentions de Kalika.

Occupant un angle de la tour, le grand appartement de Kalika – dont elle n'est peut-être que locataire – dispose de deux balcons, d'où la vue sur la ville est tout simplement superbe. L'appartement est élégant, la moquette neuve, et les murs récemment peints en blanc. Peu de meubles, mais tous témoignent d'un goût parfait. On dirait que Kalika préfère le traditionnel au moderne, mais tout ce qu'elle possède est flambant neuf : aucun magazine en vue, ni dans le salon ni dans la salle à manger, mais l'écran géant d'une télévision trône dans un coin de la pièce. À combien de chaînes est-elle abonnée, quelles sont ses émissions préférées, je me le demande…

Seymour faisant le guet sur l'un des balcons, je me hâte d'entrer dans le bureau de Kalika, qui se trouve être tout de suite à droite. Table de travail, ordinateur, fax. Les tiroirs n'étant pas fermés à clé, je passe en revue leur contenu, et je découvre plusieurs cartes routières, ce qui ne m'étonne pas vraiment. Ce sont des cartes couvrant le sud de la Californie, et plus précisément la région de Big Sur, de Mount Shasta, et du lac Tahoe. Il y a également des guides touristiques se rapportant aux mêmes coins, ainsi qu'un ouvrage consacré à Sedona, une ville dans l'Arizona. Dans le tiroir suivant, je tombe sur d'autres livres sur les mêmes endroits, mais ce ne sont pas des guides touristiques classiques : ceux-là contiennent les commentaires personnels des auteurs sur chacun des endroits visités. Je les feuillette rapidement – heureusement, je suis capable de lire trente mille mots à la minute sans rien perdre du sens du texte. Quelques-unes des histoires décrivent la puissance des *vibrations* dans chacune des zones décrites, et je suis fascinée : Kalika a visiblement passé beaucoup de temps à se documenter sur des lieux qui sont justement des havres *New Age* depuis vingt ans.

— Tu aimes ces endroits, Kalika ? Ou tu penses qu'ils sont susceptibles de plaire à l'enfant ?

Je passe ensuite dans la chambre à coucher : un lit immense se cache sous une magnifique étoffe de Chine. Dans un coin de la pièce, une commode recouverte d'une pièce de soie évoque une sorte d'autel. Il y a quelques livres, et un Shiva Lingam de petite taille installé à côté d'une coupelle en cuivre, au fond de laquelle achève de se consumer un cône d'encens parfumé au musc.

Le lingam est une pierre polie d'un gris luisant en forme de phallus, ornée de trois marques rouges. Ce sont la forme et les couleurs naturelles de la pierre, je le sais : quand j'étais encore une petite fille mortelle, il y a cinq mille ans, le minuscule village où je vivais avec ma famille possédait un Shiva Lingam comme celui-ci. Ces pierres contiennent l'énergie du grand Shiva lui-même, Mahakala, l'époux de la Mère Kâli, le destructeur de temps qui survivra au dernier âge, quand le monde touchera à sa fin. Pour les géologues, les lingams sont ce qui reste des météores après qu'ils se sont écrasés sur le sol de la Terre, et ces pierres sont incroyablement magnétiques. Il me suffit de caresser la pierre du bout des doigts pour ressentir les effets de l'énergie qu'elle recèle.

Posés à côté du lingam, trois livres : la *Bhagavad-Gita*, les *Upanishads*, et le *Mahanirvana Tantra*. Le premier est une sorte d'évangile selon Krishna, le second est un recueil d'histoires d'inspiration divine rassemblées au cours des âges par d'anciens moines, les *rishis*, et le troisième décrit les multiples avatars successifs de Kâli, et détaille les diverses façons de pratiquer son culte. Tous ces textes traitent de sujets éminemment spirituels, mais j'ai beau essayer de comprendre, je n'arrive pas à saisir la signification de tout ça. Faut-il que je me sente soulagée, ou, au contraire, faut-il que je m'inquiète ? Tant de gens, hélas, ont été tués au nom de Dieu...

Je suis en train de ramasser l'exemplaire de la *Bhagavad-Gita* quand Seymour fait irruption dans la chambre. Le souffle court, il s'écrie :

— La Mercedes vient de rentrer ! Elle ne s'est pas absentée longtemps.

Je repose le livre à l'endroit exact où je l'ai trouvé.

— Elle sera ici dans une minute. C'est bon, Seymour, nous avons le temps.

Mais de retour dans le couloir, alors que nous attendons l'ascenseur, je commence à douter. Et au moment où Seymour appuie sur le bouton correspondant au rez-de-chaussée, je saisis son bras.

— Arrête. Même si nous retournons au sous-sol, Kalika risque de remarquer que l'ascenseur vient de monter au dix-huitième étage. Et comme elle est futée, elle ne manquera pas de faire le rapprochement...

Je m'accorde une seconde de réflexion supplémentaire, et je dis :

— Prenons l'escalier.

— Moi, tout ce que je veux, c'est me tirer d'ici, réplique Seymour d'une voix angoissée.

À mi-chemin, je fais signe à Seymour de s'arrêter. Tendant l'oreille, je m'efforce de discerner tous les bruits qui montent vers nous, et j'entends soudain un bruit de pas. Quelqu'un est en train de monter – calmement. Il pourrait s'agir de n'importe qui, mais je n'aime pas l'idée qu'on puisse se mettre en travers de mon chemin, surtout quand je ne vois pas à qui j'ai affaire – les étages sont séparés les uns des autres. Anxieux, Seymour me regarde.

— Que se passe-t-il ?

— Quelqu'un est en train de monter l'escalier.

— C'est... c'est Kalika ? s'étrangle-t-il.

— Comment veux-tu que je le sache ? Je réfléchis.

— Je crois qu'il s'agit d'une femme. En tout cas, cette personne a une démarche plutôt légère.

— Seigneur...

— Chut... Elle est encore loin de nous. Filons par l'ascenseur.

Une fois dans l'ascenseur, Seymour fait mine d'appuyer sur le bouton correspondant au rez-de-chaussée, mais je l'en empêche à nouveau, pour appuyer à mon tour sur celui du deuxième sous-sol. Seymour pique une crise.

— Je peux savoir pourquoi tu fais ça ?

— Parce que Kalika ne s'y attend pas, surtout si elle croit que nous savons où est garée sa voiture.

— Si ça se trouve, Kalika n'est même pas encore descendue de sa Mercedes.

— Détends-toi, Seymour. Je sais ce que je fais.

Du moins, je l'espère. Quand l'ascenseur nous libère, je suis prête à riposter à une éventuelle attaque, mais il n'y a personne en vue. Apparemment, nous sommes seuls dans l'immense parking souterrain. Faisant signe à Seymour de ne pas bouger, j'avance de quelques mètres sur la pointe des pieds. Tous mes sens sont en éveil, mais je ne perçois aucun signe de la présence de Kalika. D'un geste, j'indique à Seymour que la voie est libre.

— Montons dans la voiture, et filons, lui dis-je à l'oreille.

Il hoche la tête frénétiquement.

— Je ne suis vraiment pas fait pour ce genre de truc, Alisa.

Chapitre 8

J'appelle le Dr Seter à San Francisco, mais c'est James qui décroche, et à en juger par le son de sa voix, il a l'air plutôt content de me parler. Il est peut-être sincère, mais j'ai l'impression qu'il a surtout envie de savoir si je suis enfin prête à montrer mon manuscrit. Je lui dis alors que j'ai une information encore plus importante à lui communiquer. Après avoir arrangé un rendez-vous au Hilton, avec lui et son père, après la conférence, je réserve des billets d'avion pour San Francisco. L'avion vient à peine de décoller que Seymour s'étonne de voir dans ma main une enveloppe en kraft.

— C'est quoi, ça ? me demande-t-il.

— Des coupures de journaux. Des preuves, quoi.

— Ne m'en dis pas davantage, s'il te plaît.

— Tu verras bien assez tôt de quoi il s'agit, dis-je d'un ton mystérieux.

Comme j'ai peur que Kalika soit dans la salle, nous n'assistons pas à la conférence, préférant attendre dans un salon du Hilton le retour du Dr Seter. Il semble fatigué par les voyages occasionnés par sa tournée, mais James, lui, est plus radieux que jamais. Je leur présente Seymour comme étant un vieil ami, et les deux hommes s'installent en face de nous. Le Dr Seter commande un scotch, et

James, un coca. Quant à Seymour, il est en train de se goinfrer de biscuits salés tout en sirotant un jus de fruit.

Je n'ai rien à manger ni à boire, même pas quelques gouttes de sang, mais je pressens que bientôt l'hémoglobine va couler à flots, satisfaisant mes appétits les plus pervers. Je me demande si Kalika continue à tuer ses proies, et à combien se monte le total de ses victimes...

Le Dr Seter fixe sur moi un regard las. Pour la première fois, j'écoute le rythme des battements de son cœur, et je me rends compte que cet homme déjà âgé souffre d'arythmie cardiaque, et qu'il a des artères particulièrement encrassées. D'ailleurs, il doit le savoir – en ce moment même, il se sent oppressé. Pourtant, c'est en me souriant chaleureusement qu'il commence à parler. Quel homme charmant...

— James me dit que vous avez quelque chose d'extrêmement intéressant à nous montrer.

Je les regarde en silence pendant quelques secondes.

— Je sais où se trouve la Mère Noire, et j'ai besoin de votre aide pour la tuer.

Voilà qui capte leur attention ! Le Dr Seter a même besoin d'un court instant pour reprendre son souffle. James lui jette un regard soucieux, mais je n'arrive pas à savoir s'il s'inquiète pour la santé de son père ou s'il envisage une éventuelle confrontation avec Kalika. Le Dr Seter se décide enfin à réagir.

— Comment connaissez-vous l'existence de la Mère Noire ? me demande-t-il. Vous m'aviez pourtant dit que le manuscrit que vous possédez ne fait pas état du moindre danger concernant l'enfant.

— En effet, mon manuscrit ne fournit pas de détails précis sur la Mère Noire, mais il se trouve que je connais cette jeune femme.

J'ouvre l'enveloppe marron qui ne m'a pas quittée.

— J'ai conservé les articles qui sont parus dans les journaux. Vous en avez peut-être fait autant, il faut dire qu'on a beaucoup parlé d'elle, récemment.

D'abord, je leur tends les coupures du *Los Angeles Times* concernant l'horrible série de meurtres commis en décembre dernier. Eddie Fender le psychopathe et son gang d'affreux vampires ont été accusés de ces crimes, mais ces derniers étaient tellement atroces – victimes décapitées, cadavres exsangues – qu'à mon avis, ils ne peuvent que confirmer mes dires. Ensuite, je sors les articles de la fusillade entre les forces de police et une bande de terroristes en plein cœur de Los Angeles : trois hélicoptères abattus, et des douzaines de policiers tués par d'invincibles, bien que peu nombreux, criminels. C'est moi, bien sûr, qui suis responsable de cette tuerie. À l'époque, la police et le FBI avaient eu la mauvaise idée de se lancer à ma poursuite, dans l'espoir de prélever sur Joel et sur moi un peu de notre sang de vampire.

Puis j'étale sur la table les articles au sujet de l'explosion nucléaire dans le Nevada, et pour finir, ceux sur la mort d'Eric Hawkins, kidnappé dans un parc alors qu'il jouait au basket avec des copains. Des semaines plus tard, on a retrouvé son corps : apparemment, il avait été égorgé par « des ongles tranchants ». Oui, les mots exacts du médecin légiste sont rapportés par l'auteur de l'article, et il faut avouer qu'ils expriment la réalité avec une précision étonnante. Naturellement, Kalika ne peut être tenue pour responsable que d'un seul meurtre, celui d'Eric Hawkins, mais le moment serait mal choisi pour l'apprendre au Dr Seter et à son fils. Ceux-ci étudient les coupures de presse pendant plusieurs minutes, puis le Dr Seter se tourne vers moi, les sourcils froncés.

— Je ne vois vraiment pas comment tous ces articles concernent la Mère Noire, me dit-il.

Mais le ton de sa voix manque de conviction, et je le soupçonne de posséder, lui aussi, une collection d'articles similaire. Forte de cette hypothèse, je décide de lâcher le morceau. Je me penche vers les deux hommes, et prenant la voix la plus persuasive, j'entreprends de tout leur raconter.

— La Mère Noire est une vampire. Et cette série de meurtres à Los Angeles ne peut être que l'œuvre d'un vampire. La période correspond à l'arrivée de la Mère Noire à Los Angeles. Vous remarquerez aussi que la tuerie prend fin tout de suite après la fusillade entre terroristes et policiers, mais qu'on n'a jamais retrouvé aucun de ces soi-disant terroristes. Pas le moindre cadavre à identifier. Les médias ont raconté qu'ils avaient réussi à fuir, mais la vraie raison, c'est que cette bande de terroristes n'a jamais existé, voilà ! En fait, le seul suspect décrit par la police, c'est une jeune femme capable de se déplacer à la vitesse de l'éclair...

— Oui, nous savons ce que la presse a dit à ce sujet, dit James en jetant un coup d'œil furtif à son père.

— Puis il y a eu l'explosion nucléaire dans le désert du Nevada, dis-je. Cette fois encore, les médias et le gouvernement ont tenté d'établir un lien avec un quelconque groupuscule terroriste, mais là encore, ils n'ont pas réussi à identifier les criminels en question. Parce qu'ils n'existent pas, voilà tout. Pendant une courte période, la Mère Noire a été retenue prisonnière dans une base militaire, celle où a justement eu lieu l'explosion nucléaire, mais toutes leurs armes, tous leurs tanks et tous leurs soldats n'ont pas suffi à la retenir : elle leur a échappé, et elle a détruit le camp tout entier. Ensuite, elle s'est trouvé une planque pendant quelque temps, mais elle n'a pas quitté Los Angeles. Comparez la description du kidnappeur d'Eric Hawkins avec celle que la police a donnée d'une jeune femme qui a créé pas mal de problèmes dans les quartiers du centre, et vous verrez que les deux coïncident. Et la raison, c'est que tous ces événements ont pour cause une jeune femme qui n'est ni humaine, ni mortelle.

Je dévisage les deux hommes en silence, puis je reprends :

— Je connais le nom de cette jeune femme. Je connais son adresse. Peut-être s'est-elle déjà rendu compte que je possède ces informations, mais j'en doute. Elle n'a sûrement pas l'intention de s'éterniser dans l'appartement qu'elle occupe actuellement, et si vous voulez l'éliminer, il faut attaquer dès ce soir. Et je vous en prie, ressaisissez-vous. Je sais que vous vous préparez depuis de longues années à accomplir cette tâche.

Le Dr Seter n'en croit pas ses oreilles, et devant le mutisme prolongé de son père, James prend la parole.

— Où avez-vous appris tout ça ? me demande-t-il. En tout cas, pas dans un manuscrit datant de l'Égypte antique !

— J'avais un ami qui travaillait pour le FBI et qui a commis quelques indiscrétions. Il était entré en contact avec moi parce qu'il cherchait des renseignements concernant le manuscrit de Suzama, mais il nous a quittés – il est mort au cours de l'explosion nucléaire dans le Nevada. Avant de mourir, il avait quand même eu le temps de me donner suffisamment d'indices pour que je puisse retrouver la trace de la Mère Noire.

James et le Dr Seter manquent de tomber de leurs sièges.

— Vous avez rencontré la Mère Noire ? s'exclame le Dr Seter.

— Moi aussi, je l'ai rencontrée, déclare Seymour, qui ne veut pas être en reste. On lui a parlé il y a trois mois, sur la jetée à Santa Monica. Elle a failli nous massacrer tous les deux, mais heureusement, elle a changé d'avis, et elle nous a laissés repartir.

— Si vous représentez un danger pour elle, pourquoi vous a-t-elle laissé la vie sauve ? s'étonne le Dr Seter.

— De toute évidence, elle ne considère pas que nous soyons une menace sérieuse, dis-je. Ou elle pense peut-être que nous finirons par la mener à l'enfant. C'est pour ça qu'elle a accepté de nous rencontrer et de nous questionner sur le manuscrit de Suzama.

— Il faut que nous puissions consulter votre manuscrit, me presse le Dr Seter.

— Impossible. Elle l'a détruit cet après-midi. Et elle est peut-être sur le point de s'en prendre à présent à votre manuscrit, ainsi qu'à vous et votre fils.

Et j'ajoute :

— Elle a assisté à la conférence d'hier soir.

La voix de James est presque agressive.

— Pourquoi ne pas l'avoir dit ?

— Je n'étais pas au courant, lui dis-je, sincère. Je l'ai appris tout à l'heure, quand elle m'a téléphoné pour me le dire.

— Mais pourquoi vous appelle-t-elle ? me demande le Dr Seter.

— Je vous l'ai déjà dit, je crois qu'elle reste en contact parce qu'elle estime que Seymour et moi, nous pouvons la mener jusqu'à l'enfant. Mais vous ne la connaissez pas aussi bien que nous : pour vous, la Mère Noire est un nom, c'est tout, alors que pour nous, c'est une sorcière, qui téléphone pour nous narguer, pour nous montrer que nous vivons dans son ombre.

D'un air soupçonneux, le Dr Seter m'interroge :

— Quel est son nom ? Connaissez-vous son nom ?

— Si je vous l'apprends, vous me croirez ? dis-je.

— Pas nécessairement, répond le Dr Seter, mais je trouverai au moins cette histoire rocambolesque un peu plus crédible...

— Elle s'appelle Kalika. Kâli Ma. Elle a donné son nom à ces temps obscurs dans lesquels nous vivons, la Kâli Yuga.

C'est sûr, le manuscrit de Suzama mentionne Kalika, l'expression choquée du Dr Seter et de son fils suffit à m'en convaincre. Pourtant, la nouvelle m'effare. Il n'y a donc plus aucun espoir pour ma fille ? J'ai beau savoir que je suis venue ici dans le but de solliciter de l'aide pour la tuer, une partie de moi espère encore que je me suis trompée, que toutes les horreurs commises par Kalika depuis qu'elle est née ne sont que de simples malentendus. Mais il en va tout autrement, et j'en suis consciente. Si Kalika n'est pas détruite, elle nous détruira, nous et l'enfant qui apporte peut-être au monde son salut. Le Dr Seter a du mal à retrouver une respiration normale.

— Faut-il croire à cette histoire invraisemblable ? dit-il, perplexe.

— C'est la vérité, intervient Seymour. J'ai vu de mes propres yeux ce qu'elle est capable de faire : elle a la force physique d'une bonne trentaine de bûcherons, et elle est rapide comme la foudre. Kalika est déjà sur vos traces, et il ne vous reste plus beaucoup de temps.

James regarde Seymour.

— Comment avez-vous fait la connaissance d'Alisa ?

Seymour hausse les épaules.

— On est de vieux copains.

James se tourne vers moi.

— Vous ne vous êtes pas présentés, ni l'un ni l'autre. Si vous ne déclinez pas votre identité, nous n'avons aucun moyen de savoir qui vous êtes vraiment. Nous ne savons même pas si vous travaillez pour le gouvernement ou non.

— Nous vous avons indiqué de faux prénoms, lui dis-je. Vous donner une fausse identité, quel intérêt ? Je suis certaine que vous pouvez comprendre les raisons qui nous imposent le secret. Nous pouvons même en parler pendant quarante-huit heures d'affilée, ça ne changera rien au problème : il n'y a qu'un seul moyen de vous convaincre que je connais la Mère Noire, c'est de vous la présenter. Mais quand vous la rencontrerez, souvenez-vous qu'il vous faudra être prêts à la tuer, ou à mourir. Ce sera l'unique alternative. En me faisant confiance, vous ne perdez rien, au contraire, mais il faut que vous vous prépariez à cette rencontre. Il faut que tous vos soldats soient prêts à agir.

Le Dr Seter s'offusque.

— Mais nous n'avons pas de soldats.

— Vous ne savez pas mentir, Dr Seter, dis-je. Le FBI est au courant des entraînements clandestins et du stock d'armes automatiques. Ils vous ont laissés faire, parce qu'il y a parmi eux certains agents qui connaissaient l'œuvre de Suzama, et qui avaient compris que vous prépariez une action importante. Hélas, ces agents sont morts, et c'est Kalika qui les a supprimés. Par conséquent, votre association est à présent menacée de tous côtés, à la fois politiquement et spirituellement. D'ailleurs, vous me soupçonnez peut-être d'être envoyée par la Mère Noire elle-même, pour vous tendre un piège ! Vous n'auriez pas tout à fait tort : je ne travaille pas pour la Mère Noire, mais si vous décidez de l'affronter, vous risquez fort d'être massacrés. Quand il parle de la puissance de Kalika, Seymour n'exagère pas, croyez-moi. Mais si vous portez le premier coup, vous aurez au moins l'avantage de la surprise, et une petite chance de vaincre. Pour gagner, il vous faudra tout donner, et vos troupes doivent être mises au courant : expliquez-leur la véritable nature des risques qu'elles vont courir. Dites-leur que quelques dizaines de policiers et de marines ne suffiraient pas à l'empêcher de nuire.

Le Dr Seter secoue la tête.

— Tout ça va trop vite. Pas question d'intervenir dès cette nuit : c'est matériellement impossible.

Je n'ai pas envie de lui forcer la main. Je n'ai pas envie non plus de lui griller les neurones, ni même de le harceler mentalement. Non, je veux qu'il prenne une décision en toute connaissance de cause, parce que j'ai l'impression que je n'exagère pas du tout quand j'annonce qu'une grande partie de ses effectifs va trouver la mort au cours de l'affrontement. Je m'arrange avec ma conscience, mais je ne peux quand même pas le laisser hésiter trop longtemps. Et puis surtout, je sens que le

Dr Seter est prêt à me faire confiance : je lui ai sorti des trucs dont il est le seul à connaître l'existence. Et le fait que je lui aie également raconté pas mal de bobards importe peu, finalement.

— Vous saviez depuis le début qu'une fois la bataille commencée, vous n'auriez plus le temps d'hésiter... lui dis-je d'une voix douce. À l'heure où je vous parle, elle est à Los Angeles, dans un appartement magnifique qui domine toute la ville. Nous étions justement chez elle cet après-midi.

— Elle vous a donné son adresse ? s'étonne James.

— Bien sûr que non. Elle a commis l'erreur de me téléphoner, c'est tout ce que je peux vous dire. Ensuite, avec l'aide de Seymour, je n'ai eu qu'à procéder par déductions pour découvrir le nom de son quartier.

— Vous avez trouvé l'origine de l'appel téléphonique ? insiste James.

— D'une certaine façon, oui, c'est ça, lui dis-je. Dr Seter, toute cette histoire est la stricte vérité. Vous en parlez entre vous depuis si longtemps qu'une rencontre avec la Mère Noire a un peu perdu de sa réalité, mais vous n'avez qu'à m'accompagner cette nuit, vous et les autres, et vous verrez que pour ses cinq mille ans, la prophétie se porte à merveille !

Le Dr Seter me fixe.

— Vous n'êtes pas une jeune femme banale, Alisa. Il y a quelque chose dans votre visage, dans votre voix... Dans vos yeux... James en a parlé hier soir, et maintenant, je me rends compte qu'il a tout à fait raison.

Il me dévisage longuement.

— Comment pourrions-nous être certains que vous n'êtes pas la Mère Noire ?

Je lui décoche un sourire triste.

— Certains soirs, c'est l'impression que j'ai. Mais même si j'étais la Mère Noire, ce serait pour vous une raison supplémentaire de me croire.

Me penchant vers lui, je pose la main sur son genou.

— Croyez ce que vous dit le sixième sens que la lecture du manuscrit de Suzama vous a transmis. Faites confiance à ce que vous ressentez au fond de vous.

Je reste silencieuse un instant, puis j'ajoute :

— Votre existence tout entière a été conditionnée par ce que vous êtes en train de vivre en ce moment.

Le Dr Seter hasarde un petit rire.

— Je n'arrive pas à imaginer que vous soyez mauvaise, ou que vos intentions soient diaboliques.

Il se tourne vers James.

— Il faut que je parle à mon fils, et à lui seul. Ça ne nous prendra qu'un moment.

Je me lève, la main tendue vers l'entrée.

— Nous vous attendrons là-bas. Je vous prie, prenez tout le temps qui vous sera nécessaire.

Naturellement, j'ai déjà l'oreille aux aguets, et aucune de leurs paroles ne m'échappe. Une conversation courte mais intense se déroule entre le Dr Seter et son fils.

James :

— Mais elle connaît la Mère Noire par son nom ! Nous sommes les seuls à posséder cette information !

Le Dr Seter :

— Elle sait beaucoup de choses, et même des choses que je tenais pour impossibles ! Ce qui ne signifie pas qu'elle soit digne de confiance…

James :

— Tu as entendu ses arguments. Ce sont les mêmes que ceux que j'avance depuis ces trois derniers mois. L'auteur des massacres qui ont fait les gros titres dans la presse a agi seul. Alisa a assemblé les pièces du puzzle beaucoup plus vite que nous, c'est vrai. Père, je te le répète, je la crois. Et je crois aussi qu'il faut s'engager dans la bataille avec tous nos effectifs.

Le Dr Seter :

— James, je te rappelle que hier soir, tu m'assurais qu'elle travaillait pour la Mère Noire.

James :

— Son comportement n'est pas celui d'un ennemi, je crois qu'elle ne nous veut aucun mal. Pour l'instant, elle s'est contentée de nous fournir des informations, alors que rien ne l'y obligeait. Des informations qui pourraient nuire à la Mère Noire.

Le Dr Seter :

— À condition que ces informations soient exactes, évidemment.

James :

— Elles le sont ! Écoute, tout ce qu'elle nous a demandé, c'est de lui faire confiance. Dès que nous verrons la Mère Noire, nous serons fixés, mais si cette fille dit vrai, il faut absolument que nous soyons prêts à combattre. C'est d'ailleurs l'unique façon d'assurer la protection de nos effectifs.

Le Dr Seter :

— Et si elle nous avait menti ? Et si elle travaillait pour le gouvernement ? Et si elle était en train de tendre un piège à notre organisation, pour nous arrêter en flagrant délit ? Réfléchis, James : nous sommes sur le point de lancer une opération militaire sur un appartement, quelque part à Los Angeles. Si le gouvernement nous a tendu un piège, nous allons apparaître aux yeux du public comme une secte d'illuminés et d'incapables.

James :

— Elle sera avec nous pendant l'attaque, et si elle nous a menti, elle en paiera les conséquences.

Le Dr Seter :

— Facile à dire. Tu serais incapable de lever la main sur elle...

James :

— Je n'aurais pas à le faire, Père. Je crois plutôt que toute notre énergie sera dirigée vers notre ennemi, qui s'annonce redoutable.

Silence.

— Allons-y. Si nous refusons de l'accompagner, Père, nous le regretterons pendant le reste de notre existence, et vous le savez. Voilà ce que ma conscience me dicte de faire.

Le Dr Seter reste un long moment sans prononcer un seul mot. Puis il se décide enfin à dire oui.

Chapitre 9

Le signal de l'attaque n'a pas encore été donné, et je sens déjà un truc très étrange. Si je me suis adressée au Dr Seter et à son fils, c'est parce que je savais que je n'étais pas prête, physiquement et émotionnellement, à régler son compte à Kalika. Elle est trop forte pour moi, et puis je n'arrive pas à imaginer que je puisse lui faire du mal. Tout ce que je voulais, c'était lui envoyer une vingtaine de personnes armées jusqu'aux dents, et attendre qu'on m'envoie un compte rendu victorieux. *Votre fille est morte, la démocratie peut prospérer en paix.* Mais voilà que la Suzama Society se révèle être beaucoup plus qu'une vingtaine de mercenaires. Je devrais être rassurée de constater qu'ils sont mieux préparés que je ne l'escomptais, pourtant, c'est le contraire, à mon grand étonnement.

Je me trouve actuellement dans la suite 3670, dans le bâtiment situé de l'autre côté de la rue, en face de l'immeuble de Kalika. Entre ma fille et moi, le bitume d'Olympic Boulevard, pratiquement désert – il est trois heures du matin. À côté de moi, le Dr Seter, Seymour, James, ainsi que deux tireurs d'élite armés de fusils à lunettes dernier cri, avec visée laser. Ces derniers ont pratiqué dans une vitre une ouverture circulaire, et leurs armes sont pointées sur les fenêtres de la suite de Kalika, qu'on distingue à peine – nous nous trouvons dix-huit étages plus haut... Tous les stores sont baissés, ce qui diminue d'autant notre champ de vision, mais nous avons une vue magnifique sur les deux balcons, ainsi que sur la piscine qui s'étale au pied de la tour. On voit aussi très bien le toit du bâtiment. Et c'est justement le toit que je fixe, tout en continuant à m'angoisser.

Le Dr Seter et son fils n'ont pas rassemblé dans leur secte de dangereux fanatiques à qui ils ont enseigné le maniement des armes lourdes, au contraire : ils ont réussi à former l'équivalent de commandos militaires, qu'ils ont soumis à un entraînement intense. La façon dont ils ont entrepris d'encercler Kalika m'épate, c'est vrai. Par rapport à l'attaque que j'avais subie de la part du FBI et du LAPD, qui avaient joint leurs forces pour l'occasion, celle-ci est à la fois mieux coordonnée, et stratégiquement plus cohérente.

Deux unités sont à l'œuvre ; Alpha Top et Alpha Bottom. À grands renforts de cordes et de poulies, Alpha Top a réussi à grimper jusqu'au sommet de la tour, et Alpha Bottom est déjà dans l'appartement de Kalika. À en croire les bulletins que la radio déverse, le commando aurait neutralisé les gardes chargés de la sécurité. Alpha Top et Alpha Bottom comptent chacun dix membres, des garçons et des filles vêtus d'un uniforme noir. Ils portent des lunettes à infrarouge, des masques à gaz, et chacun d'eux transporte aussi un petit lance-roquettes. J'avoue que je n'ai pas la moindre idée de la provenance de tout cet équipement...

L'équipe d'Alpha Top finit de se rassembler sur le toit de la tour.

— Comment vont-ils descendre jusqu'au balcon de Kalika ? dis-je à James en lui montrant les silhouettes sur le toit, de l'autre côté d'Olympic Boulevard. En noir lui aussi, l'air passablement excité, James serre dans sa main un émetteur radio, On dirait qu'il adore jouer au petit soldat. Notre équipée me paraît étrange, certes, mais je sais pourtant que c'est moi qui ai tout manigancé – enfin, je crois...

— Exactement comme ils sont montés sur le toit, me répond James. On en fera descendre six avant l'attaque, trois sur chaque balcon. Nous attendrons que tout le monde soit en place pour donner l'assaut. Pourquoi cette question ?

— Elle se rendra compte tout de suite qu'ils sont sur le balcon, dis-je.

James observe l'objectif à la jumelle.

— Nous avons tout lieu de croire qu'elle est en train de dormir.

— À votre place, je n'y croirais pas trop... suggère Seymour.

— Il faut lui laisser une chance de coopérer, déclare solennellement le Dr Seter pour la dixième fois. Le Dr Seter est censé diriger la Suzama Society, mais je me rends bien compte que les deux commandos d'assaut sont sous les ordres de James, et de lui seul.

— On va lui donner toutes les chances qu'elle mérite, s'écrie James, avant de lancer dans sa radio :

— Alpha Bottom, ici QG. Vous êtes toujours près des ascenseurs, étage dix-huit ? À vous.

— QG, ici Alpha Bottom. Affirmatif. À vous.

— Alpha Bottom, ici QG. Alpha Top va investir les balcons d'une seconde à l'autre. Dès que je vous en donnerai l'ordre, foncez vers l'appartement 1 821. À vous.

— QG, ici Alpha Bottom. Bien reçu. Nous attendons vos ordres.

James pointe ses jumelles vers le commando groupé sur le toit de la tour, puis il reprend l'émetteur radio.

Alpha Top, ici QG. Vous êtes certain que Kalika ne se trouve ni dans le salon ni dans la cuisine ?

— QG, ici Alpha Top. Nous n'avons pas détecté la moindre activité dans la cuisine ni dans le salon. À vous.

— Alpha Top, les filins sont en place ? À vous.

— QG, nous sommes prêts à descendre. À vous.

— Alpha Top, ici QG. Commencez la descente, et restez sur les balcons jusqu'à nouvel ordre. À vous.

— Compris, QG. Message reçu.

Je regarde James.

— Vous me semblez tous parfaitement organisés.

Il sourit.

— On dirait que ça vous déçoit.

James n'a pas tout à fait tort. Personnellement, j'ai toujours eu un faible pour les dilettantes. À les voir ainsi commencer les manœuvres d'encerclement autour de Kalika, j'en suis malade. Je ne cesse de me répéter que les réactions de Kalika sont totalement imprévisibles, et qu'il faudra que les combattants fassent preuve de la plus grande prudence. Le Dr Seter pose la main sur mon bras.

— Nous nous entraînons depuis longtemps en prévision d'une telle attaque, me dit-il. Mais je vous jure que nous n'ouvrirons pas le feu, et si elle le désire, elle pourra se rendre.

Je secoue la tête.

— Elle ne se rendra jamais.

Trois par trois, les membres d'Alpha Top descendent du toit en varappe, glissant vers les balcons de l'appartement. En quelques secondes, ils atteignent leur objectif, puis ils retirent aussitôt leur baudrier. Chaque combattant est armé, et en plus d'un récepteur radio dans l'oreille, il est également équipé de lunettes à infrarouge. La voix du responsable d'Alpha Top grésille dans la radio de James.

— QG, nous sommes en position. À vous.

— Il a tort de parler, dis-je à James. Elle va l'entendre. Répétez-leur qu'ils doivent se tenir prêts à subir une attaque de Kalika à tout moment. Maintenant, par exemple. Dites-leur de sortir leur arme. Elle peut leur tomber dessus n'importe quand.

James m'ignore complètement. Au lieu de m'écouter, il parle encore dans sa radio.

— Alpha Top, ici QG. Tenez-vous prêts. L'attaque est imminente. À vous.

L'angle du bâtiment empêche les deux commandos de communiquer visuellement – une faille majeure dans la stratégie adoptée. Au contraire, ils devraient savoir en permanence ce que les autres sont en train de faire. Le système des radios n'est pas assez rapide, mais James persiste à aboyer des ordres dans son émetteur.

— Alpha Bottom, ici QG. Avancez en direction de l'appartement 1 821. Alpha Top est déjà en position sur les balcons. À vous.

— QG, ici Alpha Bottom. Compris. À vous.

Les dix d'Alpha Bottom vont se marcher dessus en se déplaçant dans le couloir. Faisant remarquer ce détail à James, je lui suggère d'en retenir quelques-uns à proximité des ascenseurs. D'un geste agacé, il repousse ma proposition.

— Ils savent ce qu'ils ont à faire, me dit-il. Et croyez-moi, ils ne risquent pas de se tirer dessus par inadvertance.

— James, vous ignorez à quelle vitesse elle est capable de bouger. Plus vos hommes auront de place, et plus ils auront de chances d'avoir un bon angle de tir.

— Attention, me prévient le Dr Seter. Je tiens à ce qu'Alpha Bottom frappe à la porte avant d'entrer. Il faut avertir Kalika qu'elle est encerclée et qu'il lui est impossible de s'enfuir.

— Sauf que Kalika ne raisonne pas du tout comme ça. Pour elle, rien n'est impossible, grommelle Seymour. Frapper à la porte, c'est une très mauvaise idée.

James pose sur moi un regard interrogateur.

— Vous êtes d'accord avec lui ?

J'imagine le corps de Kalika, criblée de balles pendant son sommeil.

— Oui, je suis d'accord avec Seymour.

Soutenant le regard du Dr Seter, je poursuis :

— Il serait complètement inutile de vouloir parlementer avec elle. Franchement.

Le Dr Seter s'agite.

— Mais alors, nous nous apprêtons à commettre un meurtre prémédité !

— Moi, je pense qu'il faut suivre les conseils d'Alisa, déclare James. Sans laisser à quiconque le temps de protester, il lance dans sa radio :

— Alpha Top et Alpha Bottom, ici QG. Le compte à rebours vient de démarrer : cinq... quatre... trois...

James n'a pas le temps de finir de compter.

Un hurlement retentit.

On l'entend dans la radio, et aussi de l'autre côté d'Olympic Boulevard.

En contrebas, face à nous, l'un des deux balcons est vide – aucune trace du commando. Par contre, Kalika est là, la masse sombre de ses longs cheveux tranchant sur sa robe blanche. Plus bas, trois individus vêtus de noir sont en train de se rapprocher de l'immense piscine. Le terme *se rapprocher* n'est pas très bien choisi ; en fait, les trois combattants de la Suzama Society sont en train de choir vers une mort inévitable, et ils ne peuvent l'ignorer. Ce ne sont pas les quelques dizaines de centimètres d'eau dans le bassin qui vont amortir leur chute. Leurs hurlements de terreur font vibrer l'air environnant, et je me mets à crier aussi. Comment ai-je pu croire que Kalika allait tranquillement attendre qu'on vienne l'assassiner dans son lit ?

Les corps heurtent violemment la surface de l'eau, pour s'écraser au fond de la piscine. Les crânes explosent, les os se brisent, et comme la piscine est bien éclairée, on voit nettement la masse bleue de l'eau se teinter de rouge en quelques secondes. Soudain, c'est le silence. Je me tourne vers James.

— Stoppez l'attaque ! Rappelez les commandos ! S'ils se retirent, elle leur laissera peut-être la vie sauve !

Horrifié, James ne peut détacher son regard de l'eau rouge de la piscine.

— C'est incroyable... gémit-il.

Je l'attrape par le bras.

— Je me suis trompée ! Personne ne peut affronter Kalika ! Dites-leur de revenir !

Les sourcils froncés, il me toise.

— Pas question. L'attaque vient à peine de commencer.

Et il donne une petite tape sur l'épaule de l'un des deux tireurs d'élite accroupis devant lui.

— Ouvrez le feu !

Les balles ricochent sur la balustrade du balcon. Kalika se retire à l'intérieur de l'appartement.

— Alpha Top ! hurle James, la bouche plaquée contre l'émetteur-radio. Attention, elle arrive !

Non, James se trompe, lui aussi : Kalika est déjà sur l'autre balcon. Avant qu'il n'ait fini sa phrase, elle fonce droit sur le second commando. En fait, je suis la seule à pouvoir suivre distinctement les gestes et les déplacements de Kalika. Tout près de la porte du balcon, une femme à la longue chevelure rousse s'est figée : Kalika s'en empare et soudain, elle lui tord le cou. Littéralement. Se saisissant de l'arme que sa victime vient de lâcher, elle tire aussitôt sur les deux autres membres du commando. Touché en plein visage, le crâne explosé, le premier passe par-dessus la rambarde et s'écrase sur le trottoir, dix-huit étages plus bas. L'autre, un petit brun trapu, s'affaisse et meurt sans un mot. Avant que les deux tireurs d'élite puissent aligner dans leur mire l'autre balcon, Kalika disparaît à l'intérieur. James, lui, s'acharne sur son émetteur radio.

— Alpha Bottom ! hurle-t-il. Passez à l'attaque !

— Qu'est-il arrivé à Alpha Top ? demande le gars d'Alpha Bottom, d'une voix anxieuse.

— L'attaque du premier balcon a foiré ! s'écrie James, qui ne s'embarrasse plus des *à vous !* et autres *bien reçu !* L'heure n'est plus à ce genre de formalités.

— Elle est à l'intérieur ! Abattez-la !

— Dites-leur qu'elle est armée, dis-je.

— Elle est armée ! répète James. Alpha Top, descendez sur les balcons, vite ! Alpha Bottom entre dans l'appartement !

Là-haut, les quatre jeunes gens font leur possible pour essayer de voir ce qui se passe plus bas. De là où ils se trouvent, ils ont une vue imprenable sur les cadavres qui flottent dans la piscine… Et sur celui qui gît sur le trottoir… Alpha Top n'a vraiment plus envie d'aller nulle part, et moi, je voudrais même qu'ils battent en retraite le plus vite possible. Ils courent de graves dangers rien qu'en restant perchés sur le toit.

— Il faut tout arrêter ! crie le Dr Seter, livide. Alisa a raison ! Nous devons protéger nos propres troupes !

La radio grésille furieusement.

Alpha Bottom est en train de crever.

Ils ont fait irruption dans l'appartement de Kalika, violant son espace vital, et on entend des coups de feu, des bruits de chairs arrachées et de sang qui gicle, d'os qui se fracturent. Et par-dessus cet horrible vacarme, les éclats de rire de Kalika. Nul ne peut l'arrêter, et elle le sait. Et je comprends alors qu'elle m'a menée en bateau depuis le début. Kalika m'a tendu un piège, et j'ai foncé. Seymour avait raison : elle s'est débrouillée pour que je parvienne à localiser son appartement, en me laissant croire qu'elle n'y était pour rien. Elle savait que j'aurais besoin d'aide, et comme elle n'apprécie pas du tout la Suzama Society, elle a trouvé que c'était une excellente occasion de s'en débarrasser. Soudain, une femme se met à gémir, suppliant Kalika de l'épargner : pour toute réponse, j'entends alors le bruit d'un corps brutalement projeté contre un mur. La main serrée sur son émetteur radio, James tremble de tous ses membres.

— Alpha Top ! hurle-t-il. Portez-vous au secours des autres !

Mais les quatre jeunes gens installés sur le toit, après avoir échangé des regards inquiets, secouent la tête d'un air résolu. Ils auraient plutôt intérêt à quitter leur perchoir, mais apparemment, ils ont décidé qu'ils étaient en sécurité : malgré les hurlements, ils ne font pas mine de bouger. Mais la femme finit par se taire, les coups de feu cessent de retentir, et j'arrache la radio des mains de James.

— Alpha Top, dis-je calmement. Elle sait que vous êtes là. Essayez de repartir comme vous êtes venus, et n'attendez pas qu'elle vienne vous chercher. Je vous en prie, écoutez bien ce que je vous dis : entrez dans la tour en passant par le dix-neuvième étage, et foncez dans l'ascenseur. Vous avez encore le temps de vous en tirer.

Mais les jeunes gaspillent le peu de temps qu'il leur reste. De loin, on a l'impression qu'ils perdent de précieuses minutes en discutant vainement. C'est plus qu'il n'en faut à Kalika, dont la tête apparaît soudain au bord du toit. En la voyant, ils ont trop peur pour même songer à la mettre en joue. Kalika, dont la robe blanche est rouge de sang, finit de grimper sur le toit, et ce qui reste d'Alpha Top recule lentement, tentant vainement de lui échapper. Même les tireurs d'élite installés à nos pieds contemplent la scène bouche bée. James se charge de les rappeler à l'ordre.

— Tire ! crie-t-il à l'un d'eux en lui assenant un coup sur la tête. Cette fois, tu ne peux pas la rater !

Mais avec ma fille, rien n'est facile. Tandis qu'une balle ricoche à ses pieds, elle bondit vers les jeunes gens, se saisissant de l'un d'eux pour s'en servir comme d'un bouclier humain. Paralysés par la peur, les trois autres ne mouftent pas, mais Kalika ne les regarde déjà plus. Elle s'est tournée vers nous. Les tireurs d'élite cessent le feu, et James pique sa crise.

— N'arrêtez pas de tirer ! hurle-t-il. Tuez-la !

— Mais on risque d'atteindre Charles, proteste l'un des tireurs d'élite.

— Mon Dieu, je n'en crois pas mes yeux… gémit le Dr Seter.

Brutalement, James pousse le protestataire.

— Donnez-moi votre arme !

J'interviens aussitôt.

— Laissez-moi faire, James, lui dis-je calmement.

Il me foudroie du regard.

— Qu'est-ce que vous connaissez aux armes ?

— Justement, c'est son rayon, lance Seymour.

Furieux, James me cède la place.

— Essayez de ne pas rater la cible, ajoute-t-il d'un ton amer.

M'agenouillant à mon tour derrière le fusil, je regarde à travers la lunette. Kalika est relativement immobile, mais elle serre son otage contre elle, et seul son visage est visible au-dessus de l'épaule droite du jeune homme. Le point rouge du laser facilite grandement le tir, même pour quelqu'un comme moi, capable d'atteindre une cible placée à trois kilomètres – à condition que j'aie l'arme adéquate, bien sûr. Pendant quelques instants, le point rouge se trouve exactement au milieu du front de Kalika, et mon doigt se crispe sur la détente. J'ai les mains moites. Il suffit que je loge une balle dans la tête de Kalika pour transformer le ratage de l'opération en une victoire éclatante, du moins en ce qui concerne l'avenir de la planète.

Mais voilà que mon regard croise celui de Kalika, et ma résolution faiblit. J'ai l'impression qu'elle me fixe. Inutile d'essayer de me persuader du contraire :

Kalika connaît l'identité de ceux qui l'ont attaquée, c'est évident. D'ailleurs, on dirait que ça l'amuse, parce qu'elle sourit, d'un air lointain. Ses lèvres articulent un mot, que je comprends sans avoir besoin de l'entendre.

— *Maman.*

Je suis momentanément déconcentrée, et Kalika en profite pour échapper au point rouge du laser. Décollant mon œil de la lunette, je la regarde qui se débarrasse de son bouclier humain en le jetant tout droit dans la piscine – elle trouve peut-être que tous ces gens qui tombent en hurlant dans l'eau ensanglantée offrent un spectacle amusant et gratuit.

Puis elle s'en prend aux trois autres, se saisissant d'abord de deux d'entre eux, qu'elle tue aussitôt en leur fracassant le crâne l'un contre l'autre. Les corps inertes qui s'affaissent sur le sol sont méconnaissables – il y a des bouts de cervelle jusque sur leurs chaussures. Puis Kalika s'approche du dernier membre encore vivant d'Alpha Top, que j'identifie immédiatement. C'est Lisa, la comptable originaire du Dakota dont j'ai fait la connaissance hier. Terrorisée, Lisa recule afin d'échapper à ma fille, et soudain, sous ses pieds, le vide. Kalika ne la laisse pas tomber du toit et la rattrape de justesse. James se met à hurler.

— Allez-y ! Tirez ! s'époumone-t-il.

Je repousse le fusil à lunette.

— Pas question. Je ne veux pas tuer Lisa.

— Mais Lisa ne s'en sortira pas vivante ! me crie-t-il. Tirez !

Telle une araignée rapportant sur sa toile l'insecte qu'elle va dévorer, Kalika disparaît avec sa proie. À l'exception de deux cadavres – virtuellement décapités – le toit de la tour est désert, à présent.

Je me relève, et après avoir jeté un coup d'œil sur mes compagnons, je déclare :

— Restez ici, je vais aller lui parler.

Le Dr Seter agrippe mon bras.

— Mon enfant, non, n'y allez pas. Ils ont tous été massacrés.

Gentiment, j'ôte la main du Dr Seter.

— La responsable, c'est moi.

Et j'ajoute en regardant Seymour :

— Je dois y aller.

Seymour est atterré par ma décision.

— Franchement, Alisa, tu n'as aucun intérêt à aller là-bas.

— C'est probablement le plus bel euphémisme de l'année, lui dis-je en souriant.

Chapitre 10

Dès que j'ai passé la porte, je décide de mettre le turbo. Empruntant l'escalier plutôt que d'attendre l'ascenseur, il ne me faut qu'une minute pour arriver au pied de la tour, de l'autre côté d'Olympic Boulevard. Une douzaine de sirènes de police retentissent au loin, ce qui indique que les flics n'ont pas tardé à réagir. Depuis le début de l'attaque, il ne s'est écoulé que sept minutes... Non, Kalika n'était pas en train de faire la sieste.

Devant l'entrée, de bonnes âmes en pyjama et en robe de chambre se sont rassemblées pour échanger les lamentations d'usage. À mon avis, la meilleure chose à faire, ce serait d'éteindre les spots qui illuminent la piscine : les cadavres qui flottent dans l'eau sont particulièrement horribles à voir. Dans l'assistance, quelques hommes – des quadragénaires – ont une arme à la main, et en passant à côté d'eux, je les entends qui discutent âprement.

Je fonce à l'intérieur du bâtiment, et je prends l'escalier. Avant d'arriver au dix-huitième étage, entre le seizième et le dix-septième, je passe à côté de deux cadavres affreusement mutilés : les têtes ont été arrachées avec la plus grande brutalité.

— Et si j'arrachais la tête de cet oiseau, ça te ferait de la peine ?

— Pourquoi me poses-tu une question aussi stupide ?

— Pour connaître ta réaction.

La vue de ces deux corps martyrisés me bouleverse, d'autant que je suis obligée de m'interroger : que suis-je en train de faire, exactement ? Suis-je en train d'essayer de sauver la vie de Lisa afin de soulager ma conscience de toutes les autres morts que j'ai causées ? Lisa mérite de vivre, mais je sais pertinemment qu'il est déjà trop tard, ainsi que James me l'a fait remarquer. Et si je meurs à mon tour, qui s'interposera entre le monde et Kalika ?

Le problème, c'est qu'il est impossible de répondre à ces questions purement académiques.

J'entends crier à l'étage au-dessus. Lisa, entre les griffes de la hyène.

Ramassant un fusil, je poursuis l'ascension.

Debout au milieu du salon, Kalika m'attend de pied ferme. Pour l'approcher, je suis forcée de marcher sur des débris sanglants de chair humaine. L'appartement n'est plus aussi bien rangé que lors de notre première visite, quand Seymour et moi étions venus enquêter chez Kalika. Il y a du sang partout : les murs, le plafond et la moquette ont été aspergés d'hémoglobine. Apparemment, les assaillants sont entrés chez Kalika sans rencontrer de résistance, et elle les a ensuite accueillis comme elle sait si bien le faire.

Lisa, elle, est toujours vivante. Et dans les bras de Kalika.

Je les mets en joue toutes les deux.

— Une lâche qui se cache derrière une autre lâche… dis-je à ma fille.

Kalika sourit. Son visage, ses bras, et même ses cheveux sont couverts de sang, et elle ne m'a jamais paru aussi heureuse. Plaquant Lisa contre elle, elle soulève la jeune femme, dont les pieds s'agitent faiblement au-dessus de la moquette. Visiblement, Lisa est en état de choc, et elle n'en a plus pour très longtemps à vivre, mais elle persiste à se débattre en gémissant doucement. C'est l'instinct qui lui commande de lutter : Kalika a déjà réduit à néant la conscience de la jeune femme.

— Nous nous sommes rencontrées dans des circonstances similaires, me dit Kalika. Mais cette nuit-là, tu n'étais pas armée.

— Et ne compte pas sur moi pour lâcher ce flingue.

Kalika ricane.

— Faut-il que je la tue immédiatement ?

— Non.

J'avance d'un pas.

— Laisse-la tranquille. Fais preuve d'un peu de pitié, Kalika.

— Lâche ton flingue. Et fais preuve d'un peu de courage.

— Tu vas nous tuer toutes les deux.

— C'est possible, convient Kalika.

— Tu m'as tendu un piège. Tu voulais que je pousse ces jeunes gens à venir chez toi, pourquoi ?

— J'aurais cru que tu connaîtrais la réponse à cette question.

— La police va débarquer d'un instant à l'autre.

— Ça ne me concerne pas.

Kalika approche un ongle pointu de la gorge de Lisa.

— Il n'est pas question que je te laisse me tirer dessus, Mère. J'ai encore une mission à remplir.

— De quelle mission parles-tu ?

— Il me faut protéger les purs et détruire les méchantes.

J'étouffe un rire.

— Tu viens de donner un merveilleux exemple de la façon dont tu mènes cette mission.

— Merci, Mère.

L'ongle de Kalika s'enfonce dans la chair du cou de Lisa, et un peu de sang se met à perler, coulant lentement sur la gorge de la jeune femme. Bien qu'elle soit choquée, Lisa semble soudain sortir de sa torpeur et se débat avec une nouvelle énergie, mais Kalika a une poigne d'acier. D'une voix sereine, elle lance :

— Mère, tu te souviens de cette scène, n'est-ce pas ?

Je commence à paniquer : cette fille ne doit pas mourir, je dois l'en empêcher. C'est presque une étrangère pour moi, c'est vrai, mais le Dr Seter n'a plus qu'elle. Si je réussis à la tirer des griffes de Kalika, je pourrai aussi sauver le Dr Seter, dont le cœur va bientôt lâcher, je le pressens. Vous verrez s'accomplir la prophétie, Dr Seter... Ouais, c'est ça – comment ai-je pu lui faire de telles promesses ? Kalika a raison sur un point : quand ça m'arrange, je n'hésite pas mentir. Chez moi, c'est une vieille habitude.

— Ce matin, tu m'as promis que tu ne tuerais qu'en cas de nécessité absolue, dis-je, à bout d'arguments.

Kalika enfonce son ongle acéré un peu plus profondément, et le filet de sang sur la gorge de Lisa s'épaissit. Bientôt, le sang va jaillir, je le sens. Lisa ouvre des yeux ronds comme des billes, et elle a du mal à respirer. Est-ce son cœur que j'entends battre à grands coups dans sa poitrine ? Elle tremble de tous ses membres, elle est presque morte, mais je lis sur son visage qu'elle me supplie de la sauver.

— C'est toi qui m'obliges à faire ça, me dit Kalika. Pose ton arme.

— Impossible.

— Alors, je vais lui trancher la gorge, et elle mourra, comme Eric Hawkins. Tu sais pourtant que tu ne supportes pas que les gens meurent à cause de toi.

Moi aussi, je tremble à présent.

— Mais cette jeune femme est innocente...

— Elle avait l'intention de me tuer. Je crains que ce qualificatif d'*innocente* ne s'applique guère à elle.

— C'est moi qui l'ai emmenée ici, et c'est moi qui suis responsable. Je t'en prie, Kalika, pour l'amour de Dieu, épargne-la.

Kalika réfléchit un instant.

— Pour l'amour de Dieu ? Comment oses-tu dire une chose pareille, alors que tu m'as regardée dans les yeux ? Ne sais-tu pas que tout ce que je fais, je le fais pour l'amour de Dieu ?

Et l'ongle de Kalika de déchirer la gorge de Lisa, tranchant net deux des artères de la jeune femme. Le sang jaillit aussitôt, comme s'il sortait d'un tuyau d'arrosage tailladé. Je n'ai pas le temps de réagir et de tirer sur Kalika à travers le corps de Lisa, qui ne lui offre plus aucune protection, à présent : ma fille est encore plus rapide qu'Eddie Fender. Lisa est en train de s'étouffer dans son propre sang quand Kalika la jette sur moi. Le choc est si violent que j'en perds l'équilibre, et que mon arme valdingue à plusieurs mètres de là. Le corps de Lisa glisse sur le sol, et mon crâne heurte un mur, m'étourdissant passagèrement. Je saigne. Portant la main à ma tête pour tenter d'évaluer les dégâts, je vois du coin de l'œil qu'une silhouette se dresse devant moi. C'est ma fille, et elle tient mon arme dans sa main. Elle s'adresse à moi d'une voix particulièrement douce.

— Tu souffres ? me demande-t-elle.

La pièce continue à vaciller autour de moi. Le cadavre de Lisa pèse lourdement sur mes jambes.

— Va rôtir en enfer, Kalika...

— Tu sais pourtant que je suis bien au-delà de l'enfer et du paradis.

Tendant la main, elle me prend par le bras.

— Tes amis sont de l'autre côté du boulevard. Fais-moi gagner du temps, et dis-moi tout de suite dans quel appartement ils se trouvent actuellement.

Enfin, mes yeux retrouvent leur acuité habituelle, et je dévisage Kalika, incrédule.

— Tu n'es pas sérieuse...

Elle me sourit.

— Ça ne coûte rien d'essayer. Tu sais nager ?

— Oui.

— Tu sais voler ?

Une question-piège, c'est sûr.

Je me garde bien d'y répondre, mais Kalika s'en fiche.

Lâchant le fusil, Kalika m'agrippe par l'épaule et d'une main, me traîne sur le balcon où elle a réglé leur compte aux trois premiers membres d'Alpha Top. Dix-huit étages plus bas, les corps flottent toujours dans l'eau ensanglantée de la piscine. La police est enfin arrivée : de nombreux flics encombrent la sortie du parking souterrain, pointant sur nous le faisceau lumineux de leur torche électrique. Je leur signalerais volontiers ma présence, mais j'ai peur qu'ils ne me tirent dessus. Balayant du regard la ville illuminée qui s'étend à nos pieds, Kalika soupire, émerveillée.

— Je t'avais dit que la vue valait le déplacement, me dit-elle.

— Je suis contente que ma fille unique ait les moyens de s'offrir un appartement aussi somptueux, dis-je poliment.

Se penchant vers moi, Kalika dépose un baiser sur ma joue. Ses lèvres sont douces, et son baiser, plein de tendresse. D'une voix où perce une légère inquiétude, elle me chuchote quelques mots à l'oreille.

— Tu penses que tu peux survivre à une chute comme celle-ci ? Dis-moi la vérité.

— Franchement, je n'en sais rien.

Reculant d'un pas, elle déclare en caressant mes cheveux :

— Krishna t'aime.

J'avoue que j'ai un peu de mal à respirer. Ma position est particulièrement cruelle.

— Je suis ravie de savoir qu'il y a au moins quelqu'un qui m'aime.

— Je ne t'ai jamais dit que je t'aimais ?

— Non, ou si tu me l'as dit, je ne m'en souviens pas.

— Oh...

S'ensuit un long silence pesant.

— Alors, j'ai dû oublier.

— Kalika...

Mais je n'ai pas la possibilité de finir ma phrase.

Parce que Kalika me balance par-dessus le balcon.

La lune s'est levée, certes, et elle est particulièrement lumineuse, mais je n'ai pas le temps d'absorber l'énergie de ses rayons : lors de l'explosion nucléaire, c'est pourtant ce qui avait permis à mon corps de flotter dans l'espace, et d'échapper ainsi à la désintégration. Là, tout de suite, je pourrais n'être qu'une simple mortelle. En tout cas, je tombe aussi vite que n'importe quel être soumis à la gravité. Kalika m'a projetée en direction de la piscine, et tout en fonçant droit sur le charnier qui m'attend en bas, je ne peux que prier pour atterrir du côté le plus profond.

En touchant l'eau, j'écarte au maximum les bras et les jambes, dans l'espoir d'amortir le choc. Mais avant même de sentir l'élément liquide, je sais que je vais m'écraser au fond de la piscine, et que ça va faire très mal.

La violence du choc est terrible. Un flash rouge m'éblouit, suivi d'une déflagration si douloureuse que j'en perds conscience. Mais mon évanouissement est d'autant plus cruel qu'il ne dure pas, et je me réveille, le visage imbriqué dans le revêtement du fond de la piscine. Oui, j'ai fissuré le ciment, et tous les os de mon corps sont brisés, je le sens. J'ai l'impression qu'on m'a arraché le nez, et que mon visage n'est plus qu'une crêpe de chair sanguinolente. À l'intérieur de ma bouche, ma langue se débat entre les débris de mes dents. Mes côtes ont probablement déchiré mes poumons, et aussi ma chemise, déversant encore plus de sang dans l'eau froide.

Franchement, je crois que je vais avoir du mal à survivre…

Surtout sous trois mètres d'eau.

Au-dessus de moi, me regardant de leurs yeux morts, le visage impassible des cadavres semble m'inviter à venir les rejoindre dans l'autre monde. On dirait que l'eau grouille de créatures cauchemardesques. Tiens, une de mes bottes noires vogue à proximité : je distingue même la chaussette qui est restée coincée à l'intérieur. Le long de ma colonne vertébrale, une douleur démoniaque s'applique à me torturer, comme si on enfonçait dans mon dos des dizaines de couteaux pointus. Prise de nausées irrésistibles, je vomis soudain du sang et des morceaux de dents, qui se répandent dans l'eau à la façon d'un nuage sinistre. Je vais m'évanouir, mais je sens que si je perds conscience à nouveau, je ne me réveillerais plus jamais. Mes yeux refusent de rester ouverts – même mes paupières ne fonctionnent plus. Et je sombre dans une sorte de coma…

Krishna. Donne-moi une autre chance, c'est tout ce que je te demande.

Une chance de survivre. Pour sauver l'enfant.

Mon cœur bat encore. Les souffrances que j'endure signifient que je ne suis pas tout à fait morte.

Le temps passe, mais la douleur transforme la perception que j'en ai. Ce temps-là, c'est celui que tous ceux qui ont souffert appellent *un mauvais quart d'heure*. Et ce genre de quart d'heure dévoile généralement des vérités difficiles à admettre. Mon cerveau est en train de se répandre hors de ma boîte crânienne, mais je parviens enfin à comprendre que les armes à feu et les balles ne viendront jamais à bout de Kalika. Dire qu'il a fallu que plus de vingt personnes meurent pour que je le comprenne…

Par contre, je ne comprendrai jamais pourquoi ma fille fait preuve d'autant de cruauté.

— Mais celui qui soulève le voile recouvrant l'illusion n'élucide pas pour autant le mystère de la volonté divine, qui reste insondable. Sous le voile souillé, l'absolu est immaculé : le premier ne peut révéler l'autre. Et de la même façon, je suis ta propre fille, mais tu ne peux pas me comprendre.

Peu importe le sacrifice des innocents : je ne comprends pas ce qu'elle a voulu dire.

Au loin, on s'active fiévreusement. Mais peu à peu, je me rends compte que toute cette agitation a lieu à l'intérieur de mon propre corps, dans mes muscles, dans mes veines, et tout autour de mes articulations. Mon organisme surnaturel est en train d'essayer de réparer les dégâts. Sous ma chemise, je sens que mon sternum se ressoude. Dans mes jambes et dans mes chevilles, ça bouge aussi : les os se recollent entre eux à une vitesse prodigieuse. Mes mâchoires s'ouvrent sans que je le veuille vraiment, à cause des nouvelles dents qui surgissent l'une après l'autre de mes gencives tuméfiées. Enfin, mes paupières se soulèvent à nouveau, et je peux tenter de remonter lentement à la surface. Mon cœur bat tellement vite que si je continue à retenir ma respiration, au rythme où vont les travaux de réparation, il va exploser.

L'air de la nuit a un goût délicieux. Je n'ai jamais été aussi heureuse de le sentir qui envahit mes poumons.

De retour à l'air libre, je suis contrainte de faire la planche pendant une longue minute, le temps de reprendre suffisamment de forces pour nager jusqu'au bord de la piscine. De nombreuses personnes se sont rassemblées près du grand bassin, parmi lesquelles plusieurs flics. Alors que j'entreprends de me hisser hors de l'eau, des cris horrifiés s'élèvent parmi les badauds, et un policier plus courageux que les autres se précipite vers moi, une couverture propre à la main. C'est un gros moustachu, qui me couvre soigneusement.

— Ça va aller, me dit-il. Allongez-vous, et surtout, restez tranquille. Vous souffrez sans doute de fractures multiples.

D'un revers de main, j'essuie le sang qui macule mon visage. Le temps m'est compté, je le sais.

— *Tes amis sont de l'autre côté du boulevard.*

— Non, je vais bien, je vous assure, dis-je au policier moustachu. Ne vous inquiétez pas pour moi.

J'essaie de me relever, mais il tente de m'en empêcher.

— Mais vous venez de tomber du balcon ! proteste-t-il. C'est un miracle que vous soyez encore en vie.

Je finis d'essuyer mon visage et mes cheveux avec un coin de la couverture, que je rends au flic tachée de sang.

— Vous êtes très gentil, mais il faut que j'y aille.

Mes gestes sont trop rapides pour qu'il puisse m'arrêter – bien que je sois encore loin d'être complètement rétablie. En traversant comme une flèche Olympic Boulevard, je sens que les tissus internes de mon corps sont toujours en train de se réparer. Si je devais tomber sur Kalika dans les minutes qui suivent, je serais sérieusement désavantagée. Mais la peur me pousse à me hâter, la peur et peut-être aussi un espoir fou. L'espoir que Kalika ait épargné la vie de quelques personnes…

L'ascenseur de l'immeuble de bureaux m'emporte vers le trente-sixième étage – impossible pour l'instant de gravir les marches d'un escalier. Quand je sors en titubant de l'ascenseur, mes yeux se posent sur les traces de sang qui maculent le couloir. Instantanément, je perds tout espoir. La porte de l'appartement 3 670 a été pulvérisée, mais j'entends quand même qu'on chuchote et qu'on gémit dans l'une des pièces. Je fonce.

Seymour et le Dr Seter se sont réfugiés dans un coin, et mon vieux copain est en train de secourir le vieux docteur, qui semble avoir les plus grandes difficultés à respirer. À quelques mètres d'eux, les corps des deux tireurs d'élite forment un tas grotesque au milieu de la pièce. On dirait qu'ils ont reçu un violent coup de pied dans le thorax, si violent que leur cœur a lâché – un vieux truc que Sita pratiquait en son temps, elle aussi. Mais ni Seymour ni le Dr Seter n'ont de blessures apparentes, et je suis tellement soulagée que les larmes me montent aux yeux.

C'est là que je m'aperçois que James n'est pas dans la pièce.

— Où est James ?

Les deux hommes sursautent, et se tournent vers moi – je suis toujours couverte de sang.

Le Dr Seter n'en croit pas ses yeux.

— Nous pensions que vous étiez morte.

Me rapprochant, je le fixe droit dans les yeux.

— Où est James ? Elle l'a enlevé ?

Seymour se lève et secoue la tête.

— Il a voulu te rejoindre, quelques minutes à peine après que tu es partie. Et depuis, nous ne l'avons pas revu.

Il me prend dans ses bras. Ses joues sont mouillées de larmes.

— Dieu merci, tu es bien vivante. Quand on a vu qu'elle te balançait par-dessus le balcon, je me suis dit que tout était fini.

Tout en le serrant contre moi, je lui murmure quelques mots à l'oreille :

— Tu t'es trompé, ce n'était pas moi. C'était quelqu'un d'autre.

Puis je me tourne vers le Dr Seter.

— Je sais que vous avez le cœur malade. Voulez-vous que j'appelle une ambulance ? Comment vous sentez-vous ?

— Je me sens déjà mieux.

Il tend la main vers moi.

— Aidez-moi à me relever.

Je m'exécute.

— Que s'est-il passé ?

Seymour esquisse un geste de la main.

— La porte a explosé, et elle est entrée. Les types ont essayé de tirer, mais elle ne leur a pas laissé le temps de réagir. Ensuite, elle a plaqué le Dr Seter contre le mur, et elle lui a ordonné de lui dire où se trouvait le manuscrit.

Le Dr Seter semble dévasté.

— Et je lui ai dit tout ce qu'elle voulait savoir. J'ai essayé de lui résister, mais c'était impossible.

Il s'interrompt, au bord des larmes.

— Vous croyez qu'elle s'en est pris à James ?

— Non.

La voix provient du couloir, et soudain, James en personne apparaît dans l'encadrement de la porte. Apercevant les cadavres des deux tireurs d'élite, il frissonne.

— Rassurez-vous, je n'ai rien. Elle ne m'a fait aucun mal.

Je m'approche de lui.

— Vous l'avez vue partir ?

— Oui. Elle a piqué une voiture de police, puis elle a disparu.

— C'est tout ce que vous avez vu ?

En fait, ce que je veux savoir, c'est s'il m'a vue tomber dans la piscine et en ressortir vivante, quelques minutes plus tard.

James me regarde.

— Non. Vous voulez dire quoi, exactement ? Ce que j'ai vu là-bas, c'est qu'elle a massacré tous ceux qui lui tombaient sous la main.

— Je suis désolée, James. Ce qui s'est passé ce soir… Ça paraît idiot, je sais, mais je tiens à m'excuser. Vous savez maintenant pourquoi il faut à tout prix retrouver Kalika et l'empêcher de nuire.

Plaçant ma main sur la poitrine de James, exactement comme je l'avais fait la veille, je m'étonne de constater que son cœur bat tout à fait calmement. Certes, l'attaque de Kalika l'a salement secoué, mais il a rapidement retrouvé son flegme. Et j'ajoute :

— Il faut que vous me montriez l'autre partie du manuscrit. Si elle n'a pas disparu, évidemment.

Chapitre 11

Kalika a bien fait les choses : la Suzama Society ne compte plus que deux membres, à présent. La nouvelle me bouleverse.

— Mais enfin, dis-je à James tandis que nous roulons vers Palm Springs, il doit rester au centre un certain nombre de membres qui n'ont pas pris part à l'attaque.

— Non, réplique-t-il. Et avec un petit rire amer, il ajoute :

— Nous croyons à la mission qui nous est assignée. Et nous avons cru à l'histoire que vous nous avez racontée. Nous sommes tous partis à l'attaque de la Mère Noire, tous sans exception.

Le soleil qui vient de se lever illumine son visage, mais tandis qu'il se remémore les événements de la nuit précédente, James paraît sombrer dans le désespoir.

— Nous ne disposons même plus d'une secrétaire pour s'occuper du Centre.

Tendant le bras vers lui, je lui masse l'épaule.

— Ce n'était pas de votre faute. Si quelqu'un doit porter la responsabilité de cette tuerie, c'est moi. Je savais ce qu'elle est capable de faire.

— Mais vous nous aviez prévenus. Vous m'aviez prévenu. Si j'avais écouté vos conseils, nos pertes auraient été moins lourdes.

— Non. Ça n'aurait rien changé. Elle était résolue à tuer le plus de gens possible.

James fronce les sourcils.

— Pourquoi a-t-elle épargné mon père et votre ami ?

— Honnêtement, ça m'intrigue. À mon avis, c'est parce qu'elle doit penser que votre père ou Seymour, tout en travaillant avec nous, finiront par retrouver l'enfant.

James est soucieux.

— Vous croyez qu'elle a décidé de nous suivre ?

Justement, j'ai pris soin de vérifier que nous n'étions pas suivis.

— Pas en ce moment, non.

— Vous croyez que mon père et votre ami sont en sécurité chez vous ?

Ce n'est plus Kalika qui l'inquiète, à présent. En fait, nous sommes tous devenus des hors-la-loi, et le gouvernement a dû lancer des avis de recherches. Personnellement, je suis certaine que mon portrait-robot a été transmis à tous les responsables qui sont au courant de ma présence dans la base militaire du Nevada. Mon visage a récemment été associé à trop de fusillades, à trop de massacres. Il y a de grandes chances pour que la police ou le FBI soient en train de nous attendre à Palm Springs. Quand tous les corps auront été identifiés, il leur sera facile de remonter jusqu'au Suzama Center, et c'est pour cette raison que j'ai insisté pour que nous nous rendions immédiatement au Centre. Il me reste encore à décider si je vais devoir tuer pour voir le manuscrit.

— Pour l'instant, votre père peut se reposer chez moi. Seymour prendra soin de lui.

Je m'interromps un instant.

— Vous êtes inquiet, n'est-ce pas ?

James acquiesce.

— Il a le cœur malade.

— Vous êtes un enfant adopté ?

Ma question le surprend.

— Oui, en effet. J'étais déjà grand quand c'est arrivé. J'avais seize ans quand mes parents ont trouvé la mort dans un accident de la route. À l'époque, le Dr Seter et mon père travaillaient ensemble à l'université de Stanford. Il a alors commencé à s'occuper de moi, et j'ai commencé à l'appeler Papa, comme ça, pour m'amuser. Mais aujourd'hui, je me sens plus proche de lui que je ne l'ai jamais été avec mon vrai père. Je me suis installé chez lui, et peu de temps après, il a découvert le manuscrit. Et en plus de la maison, je partage avec lui cette mission, qui est initialement la sienne.

— Où a-t-il découvert le manuscrit ?

Il hésite imperceptiblement.

— En Israël. À Jérusalem, exactement.

— Mais le Dr Seter a dit qu'il l'avait trouvé en Europe de l'Est…

— Il vaut mieux qu'il ne soit pas trop précis. Et vous, où avez-vous déniché le vôtre ? Et dites-moi la vérité, cette fois.

— À Jérusalem.

Il hoche la tête.

— Et hier, Kalika l'a détruit ?

— Elle l'a emporté, mais j'ignore si elle l'a détruit.

— Elle vous a donc épargnée, vous aussi.

— Il faut croire, dis-je, envahie soudain par une certaine tristesse. Ma propre fille a tenté de me tuer. Dire qu'il n'y a pas si longtemps, j'aurais sacrifié le monde entier pour la sauver... Je constate maintenant que j'ai perdu mon pari, même si je n'ai pas complètement abandonné l'espoir de regagner ce qu'on m'a pris. Je me demande si Krishna a entendu la prière que je lui ai adressée pendant que j'étais au fond de la piscine. Est-ce pour cette raison qu'il m'a laissée vivre ? Et si le bébé de Paula était justement la réincarnation de Krishna ?

De l'extérieur, le Centre a l'air paisible, mais à peine sommes-nous entrés dans le sous-sol qu'il devient évident que quelqu'un a forcé le coffre-fort. Des feuilles de papyrus sont étalées sur la table qui occupe le centre de la pièce. James se précipite, et après avoir jeté un rapide coup d'œil sur la table, il se tourne vers moi, le visage blême.

— Elle est venue ici, me dit-il. Il manque des feuilles, et les autres sont presque toutes déchirées.

Son raisonnement semble logique, mais je ne perçois pas la moindre trace olfactive du passage de Kalika dans le sous-sol. Bizarre.

— Vous êtes sûr que tous les membres de la Suzama Society ont été tués ?

— Il ne reste plus que mon père, et moi, répond James.

Il faut agir, et vite.

— James, vous allez retourner là-haut et monter la garde, pendant que j'essaie de parcourir les morceaux de texte qui sont intacts.

— Mais plus de la moitié des feuilles a disparu !

Je comprends soudain que toute la vie d'adulte de James a été bâtie sur l'existence de ce document, et après quelques mots de réconfort, je le chasse du sous-sol. Et je me retrouve enfin seule avec une pièce du puzzle que je n'avais encore jamais eue en ma possession. Reste encore à déterminer quelles sont les parties manquantes.

Ce que je lis en premier concerne spécifiquement l'enfant.

De tous les avatars qui ont précédemment existé, celui qui naîtra au cours de cette ère, à la fin du millénaire, incarnera la plus grande divinité ayant jamais existé. Il possédera la joie malicieuse de Krishna, la sagesse d'Adi Shankara, et la compassion de Jésus de Nazareth. Il sera autant que ces trois êtres divins, mais il possédera une qualité que l'humanité n'a encore jamais connue.

Il naîtra dans une ville dont le nom est associé aux anges perdus, mais d'autres anges, des anges noirs, forceront sa mère et lui à s'enfuir dans le miroir du ciel, là où les sabots se déplacent sans pieds et où le cercle d'émeraude apparaît dans la lumière du matin. Là, les forces du mal convergeront à nouveau vers lui, mais un ange puissant le sauvera, avant de le perdre à nouveau. Puis le lieu saint sera menacé par des étoiles rouges, et seuls les innocents verront la lumière bleue du paradis.

La foi est plus forte que la pierre, et le reste n'est que mystère.

La guerre entre les Setians et les Anciens ne connaît pas de fin. Je suis Suzama, et j'appartiens à l'Ordre des Anciens. Et alors que j'écris ces mots, la mère d'un ange brûle sous les étoiles des Setians. Sa souffrance est la mienne. J'attends l'ennemi, j'attends l'écharde qui se plantera dans la terre, et j'attends ma propre mort. Cette écharde causera un séisme et la civilisation, telle que nous la connaissons, disparaîtra à jamais. Mais même la fin a une fin, et la vie renaît de la mort. Je suis Suzama, et je ne crains ni cette fin ni la perte de ma propre existence. Car cette guerre antique est livrée indifféremment par les anges noirs et par les anges bleus. Tous les anges sont d'essence divine, ainsi que me l'a révélé la vision qui illumine mon esprit, et l'abîme infini efface toutes les couleurs.

J'aperçois une feuille de papyrus déchirée en deux.

Celle-ci est beaucoup plus mince que les autres.

Et elle parle de Kalika.

C'est la Mère Noire, celle qui consume l'univers, celle dont il faut se méfier. Elle porte en elle la lumière des étoiles rouges, et la mort rouge jaillit de ses doigts. Bien qu'elle prétende être leur protectrice, elle est le fléau des enfants. Kâli est son nom, et c'est le nom de Kâli qui s'applique à l'âge des ténèbres. Tous ceux qui l'approcheront la craindront.

Je suis prise de tremblements nerveux.

— Suzama, dis-je à mi-voix. Tu ne sauras jamais ce que ta vieille amie endure en ce moment…

Mais faut-il vraiment tenir compte de ce qu'elle dit au sujet de ma fille ? N'ai-je pas eu la preuve que ma fille est diabolique par nature ? Elle riait tout en tuant des innocents, et elle a bu le sang de ses nombreuses victimes agonisantes, ça ne fait pas l'ombre d'un doute. Suzama n'a rien à m'apprendre de nouveau sur l'enfant que j'ai mis au monde.

Et cet enfant sacré ? Où se trouve ce miroir dans le ciel, quel est ce lieu où les sabots se déplacent sans pieds, où le cercle d'émeraude apparaît dans la lumière du matin ? Difficile d'être plus ambigu que ce passage écrit par Suzama... J'ai presque envie de la maudire ! En ce moment, je n'ai vraiment pas besoin de jouer aux devinettes, sans compter que toutes ces allusions aux anges noirs et autres anges égarés ajoutent encore à la confusion générale. Quant à la référence aux Setians, c'est pire. Les Setians ont été détruits en même temps que Suzama, lors du grand tremblement de terre qui a ravagé l'Égypte antique. Pourquoi Suzama parle-t-elle de la guerre ? Pour autant que je sache, la guerre est finie depuis longtemps.

— *Je t'attendrai. Quand tu reviendras, je serai là.*

Mais quand je suis revenue, je n'ai trouvé personne.

La dernière prédiction que Suzama m'ait faite était bel et bien fausse.

J'appelle James, et il se hâte de venir me rejoindre dans le sous-sol.

— Il y a des gens, dehors, qui montrent du doigt le Centre, m'annonce-t-il. Je crois que la police ne va pas tarder à débarquer.

— Dans ces conditions, on se tire d'ici. Rassemblez tout ce qui reste du manuscrit original, et rendez-le à votre père.

— Vous ne venez pas avec moi ? s'étonne-t-il.

— Non. J'ai besoin de réfléchir, et il faut que je sois seule. Vous avez une autre voiture ?

Il fait la grimace.

— Hélas, tous les véhicules du Centre sont disponibles, maintenant que tout le monde est mort. Prenez celle que vous voulez. Vous voulez que j'aille chez vous ?

— Oui. Je vous rejoindrai là-bas dans quelque temps. Si vous voulez échapper aux curieux, je vous conseille de sortir par-derrière.

James meurt d'envie de me poser une question. Il se décide enfin.

— Vous avez trouvé des indices utiles ?

Pour toute réponse, je lui adresse un sourire énigmatique.

— Seul le temps pourra nous le dire.

Chapitre 12

Arrivée à l'endroit précis où l'enfant de Paula a été conçu, là-haut sur la falaise sablonneuse de Joshua Tree National Monument, je m'allonge à l'ombre d'un grand yucca et je me perds dans la contemplation du ciel. Il est quand même miraculeux de constater qu'en cinq mille ans, le ciel n'a pas changé : je pourrais me trouver dans l'Égypte antique, couchée au bord du Nil, et le ciel serait exactement le même.

Pourtant, j'ai beaucoup de mal à rassembler les souvenirs de mon séjour égyptien.

Suzama m'a accueillie, à la fois dans sa maison et dans son cœur. Elle habitait avec ses parents dans une petite cabane. Ironiquement, la plus grande oracle de tous les temps était née d'un père et d'une mère aveugles tous les deux. Ni l'un ni l'autre n'ont jamais su à quoi je ressemblais, mais ils m'ont toujours traitée avec une immense gentillesse. Même l'étrange emploi du temps qui était le mien ne semblait pas les déranger. En ce temps-là, pour étancher ma terrible soif de sang, il me fallait chasser presque toutes les nuits, mais il était encore très difficile pour moi de me nourrir sans sacrifier ma victime. Je n'avais pas acquis la maîtrise de soi que donnent l'âge et l'expérience, mais comme à l'époque, beaucoup de gens, et surtout les vieilles personnes, mouraient de mort naturelle pendant leur sommeil, je faisais de mon mieux pour me limiter à ces proies-là. Cela me permettait également de ne pas éveiller les soupçons.

Une nuit, rentrant à la maison après l'une de mes expéditions, je trouvai Suzama éveillée. Je n'étais arrivée en Égypte qu'un mois auparavant, et cette nuit-là, Suzama m'accueillit avec des larmes dans ses grands yeux pensifs. Elle était assise devant la maison, sous les étoiles, et je pris place à ses côtés.

— Que se passe-t-il, Suzama ?

Elle ne voulut pas me regarder.

— Je t'ai suivie, ce soir.

Je pris une profonde inspiration.

— Tu as vu quelque chose ?

— J'ai vu ce que tu fais aux gens.

Elle se mit à pleurer.

— Pourquoi fais-tu ça ?

Pendant un long moment, je gardai le silence. Puis je dis :

— Je n'ai pas le choix. Ma survie en dépend.

Ce qui était la stricte vérité. Suzama, malgré ses dons de médium et son immense talent, ne s'était pas rendu compte que son amie était une vampire. Lors de notre première rencontre, elle n'avait eu que de vagues soupçons quant à ma véritable nature.

Elle fut horrifiée par ma déclaration.

— Mais… Pourquoi ?

— Parce que je ne suis pas un être humain comme les autres. Je suis une vampire.

Dans l'Égypte antique, le mot existait déjà, et Suzama comprit parfaitement ce que je voulais dire. Mais loin de me fuir, elle prit ma main entre les siennes.

— Explique-moi comment c'est arrivé, me dit-elle.

Et je lui racontai alors l'histoire de ma vie. Mon existence venait à peine de commencer, mais elle me paraissait déjà affreusement longue. Suzama m'écouta lui parler de Yaksha, de Rama et de Lalita, ainsi que de Krishna. Je lui répétai chacune des paroles que Krishna avait prononcées devant moi, et je lui parlai aussi du vœu qu'il m'avait forcée à faire et qui m'interdisait de créer de nouveaux vampires. Je mentionnai le vœu que Krishna avait imposé à Yaksha, l'obligeant ainsi à détruire tous les vampires existant sur la planète. Rêveuse, Suzama m'écouta jusqu'au bout, et quand j'eus terminé mon récit, elle murmura :

— J'ai vu celui que tu appelles Krishna. Il m'est apparu dans de nombreuses visions.

— Raconte-moi ce que tu vois dans ces visions.

Elle se mit à parler d'une voix lointaine.

— Il a l'univers tout entier au fond de ses yeux. Le soleil que nous voyons dans le ciel n'est pas le seul à briller : il y en a beaucoup d'autres partout dans le cosmos. Et toutes ces étoiles innombrables qui brillent à l'intérieur de sa couronne…

Elle réfléchit quelques secondes.

— Tu dois être un monstre tout à fait spécial pour avoir ainsi reçu la grâce de Krishna.

Et je pus enfin me détendre.

Suzama venait de me dire qu'elle consentait à rester mon amie.

Peu de temps après, elle commença à soigner et à guérir les malades et les impotents.

Sa carrière démarra de façon très innocente : Suzama aimait à ramasser des plantes sauvages. Depuis qu'elle était enfant, elle savait instinctivement composer des tisanes et des remèdes, et un petit nombre de personnes souffrantes avaient pris l'habitude de venir chez elle tous les jours, afin de bénéficier de ses soins et de ses conseils. Parfois, Suzama proposait à un malade de rester, et elle lui demandait de s'allonger sur le dos, et de respirer lentement et profondément. Pendant ce temps, elle plaçait la main gauche sur le front de la personne allongée, et la main droite sur sa poitrine, à la place du cœur. Invariablement, le malade se sentait mieux, c'était en tout cas ce que tous les intéressés déclaraient.

Un jour, on lui amena un paralytique. L'homme ne marchait plus depuis qu'un énorme rocher lui était tombé dessus, cinq ans auparavant. D'abord, elle lui prescrivit une décoction de plantes, et elle s'apprêtait à le renvoyer chez lui quand il la supplia de le bénir. À contrecœur, comme si elle pressentait que cette bénédiction allait changer le cours de son existence, Suzama le fit s'allonger par terre, et le pria de respirer profondément. Ensuite, le front couvert de sueur, elle plaça au-dessus de l'homme ses mains qui tremblaient. J'étais incapable de détourner le regard de la scène : au-dessus de la tête de Suzama, une sorte d'aura laiteuse venait d'apparaître. De Suzama émanait littéralement une lumière qui irradiait toute la pièce. Même quand les jambes du paralytique se mirent à tressauter, je ne pus m'empêcher de continuer à fixer le visage angélique de Suzama. C'était maintenant à travers elle que brillaient des myriades d'étoiles.

L'homme put rentrer chez lui à pied.

À la suite de cette guérison, il y eut en permanence une file d'attente devant la maison de Suzama, qui continua à guérir de nombreux malades, bien que la plupart ne fussent pas aussi gravement atteints que le paralytique. Dans un grand nombre de cas, Suzama ne pouvait pas obtenir la moindre amélioration, et elle disait alors que c'était à cause du karma de ces personnes-là. À l'époque, en Égypte, les gens employaient couramment le mot *karma*, et tout le monde comprenait sa signification.

Mais Suzama préférait quand même prédire l'avenir et enseigner la méditation. Des visions lui avaient révélé certaines techniques de méditation tout à fait originales, liées au culte de la déesse Isis, la Déesse Blanche, dont on symbolise la présence par une étoile blanche. Suzama avait aussi appris à réciter des mantras et à respirer selon une méthode particulière, et parfois, elle mêlait prières et exercices respiratoires. Je fus sa première élève, et aussi la dernière. Et à force de pratiquer son enseignement, mon âme finit par trouver la paix. Suzama fut à la fois mon gourou et mon amie, et j'ai toujours eu le sentiment que je lui serais éternellement redevable.

Un jour, le récit des exploits de Suzama parvint aux oreilles du roi. Ce roi s'appelait Namok, et son épouse, la reine, Delar. Namok avait quarante ans de plus que la reine, et la rumeur prétendait qu'ils ne partageaient pas les mêmes croyances. Namok soutenait la puissante caste des prêtres, les redoutés Setians, dont on disait qu'ils tiraient leur science de la divination de traditions très anciennes, et aussi d'êtres mystérieux venus du ciel. Les Setians adoraient des idoles à l'aspect belliqueux, et toutes avaient la forme d'un crocodile. À l'époque, je cherchais à comprendre pourquoi Isis était prétendument mariée à Osiris, qui était le frère de Set, tout en n'ayant aucune ressemblance avec lui. Les

Setians désapprouvaient le culte d'Isis, et ils déclarèrent la guerre à la Déesse Blanche. C'est pour cette raison que Suzama gardait secrètes ses activités de grande prêtresse d'Isis.

Mais ses dons pour la prophétie furent bientôt connus de tous, et elle fut convoquée à la Grande Pyramide. Comme j'étais son amie, je fus autorisée à l'accompagner. En fait, Suzama refusa d'y aller sans moi. Elle connaissait mon immense force physique, et elle se sentait rassurée par ma présence à ses côtés.

Apparemment, la Reine Delar avait fait un rêve que les prêtres et les prêtresses Setians étaient incapables de déchiffrer, et la reine n'était pas contente. Delar voulait que Suzama tente à son tour d'interpréter ce rêve. Nous fûmes conduites dans la grande salle du palais royal, dont le luxe était époustouflant. Jamais l'Égypte ne devait connaître une telle richesse, même au cours des périodes fastes qui allaient suivre. Le sol sur lequel nous marchions était en or massif.

Le roi et la reine étaient présents tous les deux : le vieux et rusé Namok sur son trône d'apparat, Ory, son conseiller spirituel, un homme grand et musclé, assis à sa droite. Delar, le visage dur et fermé, était assise sur son propre trône installé à gauche de son époux. Ce fut Delar qui nous pria de nous approcher, et je remarquai, du coin de l'œil, qu'Ory me fixait obstinément. On aurait pu croire qu'il m'avait déjà rencontrée, ou qu'on lui avait décrit mon apparence physique. Peut-être sa police secrète, les inquiétants initiés Setians qui avaient des espions dans tout le pays, avait-elle remarqué mes habitudes nocturnes... Ory portait une dague spéciale, glissée dans sa ceinture d'argent ciselé, avec laquelle, à en croire la rumeur, il énucléait ses ennemis avant de se régaler de leurs yeux. Précisons qu'en ce temps-là, on croyait que le siège de l'âme se trouvait dans les yeux.

Après avoir éclairci sa royale voix, Delar prit la parole.

— Vous êtes Suzama. Votre réputation vous a précédée, mais pourriez-vous me dire quelle est cette personne qui vous accompagne ?

Suzama s'inclina devant la reine.

— Voici Sita, majesté. Elle est aryenne, ce qui explique pourquoi sa peau est plus claire que la nôtre. C'est mon amie, et ma confidente. Je vous demande de bien vouloir l'autoriser à rester près de moi pendant que j'interpréterai votre rêve.

Delar avait envie d'en savoir plus à mon sujet.

— Sita, venez-vous de cette terre lointaine qu'on appelle l'Inde ? On m'a souvent parlé de votre pays.

À mon tour, je m'inclinai.

— Oui, Majesté, mais bien que je sois loin de mon pays natal, je suis heureuse de profiter de l'hospitalité de votre magnifique royaume.

— Quelles sont les raisons qui vous ont amenée chez nous ? me demanda Ory. Avez-vous fui un quelconque danger ?

— Non, Seigneur. Seul l'amour de l'aventure m'a poussée à voyager.

Se tournant vers Namok, Ory lui murmura quelques mots à l'oreille. Le roi fronça les sourcils, puis il hocha gravement la tête. Le conseiller reprit ensuite son interrogatoire, mais il souriait, et je me pris à songer que ses yeux brillaient d'un éclat sinistre. La main d'Ory ne s'éloignait jamais de la dague qu'il portait à la ceinture.

— Il est peu convenable pour une femme de votre âge d'avoir entrepris, seule, un aussi long voyage, dit Ory. Quels ont été vos compagnons de route, Sita ?

— De simples marchands, Seigneur, qui connaissent bien les pistes depuis l'Inde.

— Vous faites donc du commerce, vous aussi ? insista-t-il.

— Non. Je n'exerce aucune profession en particulier.

— Mais vous vivez pourtant dans la maison des esclaves, dit Ory. Suzama étant une esclave, vous en êtes une autre, sans doute.

Soutenant son regard perçant, je répondis du tac au tac :

— Je ne suis la propriété de personne, Seigneur.

Ma réponse parut amuser Ory. Il garda le silence, mais le magnétisme de mon regard ne semblait pas l'affecter. Peut-être m'avait-il délibérément provoquée…

À nouveau, Delar s'éclaircit la voix.

— Approchez, Suzama, et vous aussi, Sita. Je vais vous narrer mon rêve, et si vous réussissez à l'interpréter, je saurai me montrer généreuse.

Delar s'inclina.

— Je ferai de mon mieux, Majesté. Mais d'abord, il faut que je sache si vous avez fait ce rêve lors de la dernière pleine lune.

— En effet, déclara Delar, visiblement impressionnée. Comment le savez-vous ?

— Je n'étais pas certaine d'avoir raison, mais je sais que les rêves faits pendant la pleine lune sont particulièrement favorables. Majesté, je vous prie de me raconter votre rêve.

— Je me trouvais dans une vaste étendue plantée d'herbes hautes, au milieu de collines et de bois. Il faisait nuit, mais dans le ciel brillaient des milliers d'étoiles, comme je n'en avais jamais vu auparavant. Beaucoup de ces étoiles étaient d'un bleu intense. Au loin, tout un groupe de gens était en train d'embarquer à bord d'un vaisseau, lui-même d'un violet très lumineux. J'étais censée embarquer moi aussi, je le savais, mais avant de partir, il fallait que je parle à un homme à la longue chevelure noire, et admirablement vêtu. Il se tenait près de moi, une flûte en or à la main. Ses yeux noirs étaient fascinants, il portait une longue tunique bleue, et autour du cou, un bijou magnifique – j'étais hypnotisée par cette pierre étincelante. Et tandis que je contemplais cette merveille, l'homme me dit :

— Que désires-tu savoir ? Je lui répondis que je voulais connaître la loi de la vie. J'ignore pourquoi j'ai dit ça, mais l'homme a répliqué en pointant son doigt vers moi :

— Voici la loi éternelle qui régit la vie.

Delar s'interrompit un bref instant, puis elle reprit :

— Tel fut mon rêve. La scène paraissait incroyablement réelle, et lorsque je me suis réveillée, j'étais partagée entre l'émerveillement et l'incompréhension. J'avais l'impression qu'on venait de me confier un secret très important, que j'étais pourtant incapable de comprendre. Suzama, pouvez-vous m'aider ?

— Majesté, accordez-moi un instant.

Se tournant vers moi, elle me dit en chuchotant :

— Tu as déjà fait un rêve semblable, n'est-ce pas ?

Mes yeux s'écarquillèrent.

— Oui, plusieurs fois, mais comment le sais-tu ?

Suzama se contenta de sourire mystérieusement.

— Qui est cet homme ?

— Il s'agit du grand Krishna, ça ne fait aucun doute.

— Et pourquoi l'a-t-il montrée du doigt en répondant à sa question ?

— Aucune idée. Krishna était malicieux, et il aimait s'exprimer par énigmes.

— Je crois plutôt qu'il était prudent.

Suzama se tourna alors vers la reine, et lui dit :

— Majesté, l'interprétation que je fais de votre rêve est très simple.

Avec un bel ensemble, le roi et la reine se figèrent sur leur trône, suspendus aux lèvres de Suzama. Même le Grand Prêtre Ory parut tendre de toute sa personne vers elle. Sans doute était-il l'un de ceux qui avaient échoué dans leur tentative de déchiffrer le sens du rêve de la reine.

— Les étoiles bleues symbolisent la lumière bleue de la divinité, déclara Suzama. Vous vous trouviez dans un monde spirituel, lui-même dans le ciel de la spiritualité. L'homme à côté de vous, c'était Notre Divin Seigneur lui-même, venu vous donner des instructions avant votre naissance et votre arrivée dans ce monde-ci, le nôtre. Et la question que vous lui avez posée signifie que vous vouliez savoir quelle serait la loi de la vie qu'il vous faudrait respecter en tant que reine d'Égypte. Vous vouliez savoir ce qu'est la justice, afin de pouvoir décider comment juger ceux que vous vous apprêtiez à gouverner.

Suzama se tut un instant, puis elle dit :

— Il vous en a donné le moyen quand il a pointé le doigt vers vous.

La reine eut l'air offensé.

— Je ne comprends pas.

— Pointez votre doigt vers moi, Majesté.

Ainsi fit la reine. Suzama souriait.

— Ce geste signifie souvent qu'on est en train de porter un jugement sur la personne en question. On montre du doigt celui que nous voulons réprimander, et à qui on explique qu'il s'est trompé, ou qu'il a mal agi. Mais chaque fois, simultanément, on est aussi en train de pointer trois autres doigts vers sa propre personne.

Baissant le regard vers ses mains, la reine sursauta.

— Vous avez parfaitement raison, mais qu'est-ce que ça veut dire, exactement ?

— Cela signifie que les jugements que l'on porte exigent une grande prudence, dit Suzama. Chaque fois que l'on est juste envers quelqu'un, on gagne pour soi-même le triple de la valeur de cette bonne action, mais chaque fois qu'on fait du tort à quelqu'un, c'est l'inverse qui se produit, et on augmente son lot personnel de péchés dans la même proportion. C'est la loi de la vie, et elle est valable pour les reines, les prêtres et les esclaves. Quand on fait quelque chose de bien, on en est récompensé, et quand on fait du mal à quelqu'un, on en fait trois fois plus à soi-même.

Suzama avait les yeux rivés sur la reine.

— Le Seigneur Krishna vous a dit qu'il fallait que vous soyez gentille et bonne, Majesté.

La Reine Delar était très impressionnée.

Le Roi Namok ne savait pas quoi penser.

Le grand prêtre Ory était furieux.

Les principaux acteurs du drame étaient réunis.

Le dé avait été lancé.

Restait encore à savoir sur quelle face il s'arrêterait.

Et le nom de la personne qui resterait en vie et qui, par conséquent, remporterait la récompense promise.

Chapitre 13

De retour à Los Angeles dans l'après-midi, je décide de ne pas rentrer directement chez moi – après avoir téléphoné à Seymour pour m'assurer que tout allait bien. Seymour m'apprend qu'il n'a vu ni la police ni Kalika. Apparemment, il s'entend plutôt bien avec le Dr Seter, dont il apprécie la compagnie, mais James a l'air de lui taper sur le système. Je promets à Seymour de rentrer bientôt à la maison.

À cinq heures de l'après-midi, je me retrouve une fois de plus dans le salon de Mme Hawkins, dans cette maison où Eric languissait de revenir – du moins avant que ma fille ne lui tranche la gorge d'un coup d'ongle. Heureusement, le colérique M. Hawkins est sorti. Mme Hawkins, elle, est toujours aussi rondelette, et vraiment gentille. Curieusement, malgré le lien entre l'enlèvement fatal de son fils et moi, elle n'a pas l'air d'avoir peur de moi, au contraire. Quand je me présente à sa porte, elle m'invite aussitôt à entrer. Peut-être qu'elle m'a crue, l'autre jour, quand je disais que j'avais fait tout ce que je pouvais pour sauver la vie d'Eric…

— Vous voulez boire quelque chose ? me dit-elle gentiment en s'installant en face de moi.

— Non, je vous remercie.

Je la regarde.

— Cette seconde visite ne semble pas vous surprendre, on dirait.

Le souvenir de la terrible mort de son fils crispe soudain les traits de son visage. Ce ne sont pas les tragédies qui nous détruisent, mais les souvenirs qu'elles impriment dans nos mémoires. Il est clair que cette femme ne passe pas un seul instant sans penser à Eric.

— Je savais que je vous reverrais, me dit-elle.

— Pourquoi ?

— L'autre soir, vous êtes passée en coup de vent. Nous en avons beaucoup parlé, mon mari et moi, et…

Elle force un sourire triste.

— Et je crois que nous nous sommes convaincus mutuellement que vous n'étiez pas le diable, mais plutôt un ange.

— Je suis désolée, mais je ne suis pas un ange. Je regrette d'avoir été incapable de sauver la vie de votre fils.

Elle cesse de se tortiller les doigts.

— Vous avez fait tout ce qu'il vous était possible de faire, n'est-ce pas ce que vous nous avez dit l'autre jour ?

— Oui.

Je baisse la tête.

— J'ai tout essayé. Tout.

Mme Hawkins hoche lentement la tête.

— C'est ce que j'ai dit à mon mari. Il ne vous croyait pas, au début, mais maintenant, c'est peut-être différent.

Un silence.

— Vous n'avez vraiment pas envie de grignoter quelque chose ? Je viens de sortir du four des cookies au chocolat. Eric adorait mes cookies.

Relevant la tête, je lui souris.

— D'accord. Je prendrais bien un cookie.

Elle se lève.

— Je vous apporte aussi un verre de lait. Pas question de manger un cookie sans un bon verre de lait.

— Ça, c'est bien vrai.

Et me voilà seule dans le salon pendant que Mme Hawkins s'affaire dans la cuisine. Il flotte dans la pièce comme une odeur de malheur. Depuis ma dernière transformation, j'ai remarqué que j'étais encore plus sensible aux *sentiments* des lieux dans lesquels je me trouvais. Par exemple, je sens que le fauteuil dans lequel je suis installée pourrait électrocuter son occupant, et je me rends compte que c'est justement celui de M. Hawkins. La dernière fois que je suis venue chez lui, il voulait m'interdire de repartir. Il voulait même appeler la police.

Tandis que j'attends que Mme Hawkins revienne dans le salon, je perçois soudain une autre odeur.

L'odeur funeste de la maladie. Un humain normal ne la sentirait pas, mais elle n'échappe pas à mon odorat surentraîné.

Une assiette de cookies dans une main et un verre de lait dans l'autre, Mme Hawkins réapparaît.

— Et n'hésitez pas à vous resservir, déclare-t-elle en posant les biscuits devant moi. Vous savez, Eric et mon mari finissaient l'assiette en une après-midi. Mais maintenant qu'Eric n'est plus parmi nous, mon... Enfin, Ted a perdu l'appétit.

Je prends un cookie.

— Pour vous faire plaisir, j'en mangerai au moins deux.

Elle regagne son fauteuil, face à moi.

— La dernière fois, ma chère enfant, vous ne nous avez pas dit quel était votre nom. Oh, ne vous inquiétez pas, je n'ai pas l'intention de vous dénoncer à la police. C'est simplement que j'aimerais savoir comment je dois vous appeler.

— Alisa.

— Vous êtes originaire de quel pays, Alisa ?

— Je viens de différents endroits à la fois.

Je porte le verre à mes lèvres. Le lait est froid, c'est bon. Il faut que j'interroge Mme Hawkins, mais je prends le temps de poser mes questions.

— Cette année, j'ai pris une année de congé sabbatique, mais l'an prochain…

— Comment trouvez-vous mes cookies ? me demande Mme Hawkins.

— Délicieux, vraiment délicieux.

Mais je repose presque aussitôt le biscuit entamé sur l'assiette.

— Mme Hawkins, pourrais-je vous poser une question, disons, indiscrète ? Ça concerne Eric.

Elle hésite.

— Quelle est cette question ?

— Votre fils voulait devenir médecin. Il m'avait dit qu'il voulait suivre les traces de son père. J'ai fait la connaissance de votre mari, et il m'a fait l'effet d'un homme passionné, et très motivé. Ceci n'est pas une critique, mais une constatation. Eric n'avait pas la même motivation, mais j'imagine que l'amour intense de son père pour la médecine avait un peu déteint sur lui.

— Oui, en effet, reconnaît prudemment Mme Hawkins.

— Cette conversation m'est très pénible, Mme Hawkins. Je ne veux pas minimiser votre douleur, et si c'était votre impression, sachez que je m'en excuse. Mais s'il avait réellement envie de devenir médecin, je me demandais simplement pourquoi Eric avait décidé de prendre une année sabbatique. Oui, je sais que ça n'a rien d'inhabituel chez les étudiants, mais…

Je regarde Mme Hawkins droit dans les yeux.

— Eric avait-il une raison particulière de prendre douze mois de vacances ?

Impassible, elle garde le silence pendant un long moment.

— Oui.

— Puis-je connaître cette raison ?

Une larme roule sur la joue de Mme Hawkins.

— Eric était atteint d'un cancer, qui avait proliféré dans tout son organisme. À trois reprises on l'avait cru guéri, mais chaque fois, les tumeurs revenaient.

Elle déglutit avec difficulté.

— Les médecins nous avaient annoncé qu'Eric n'avait plus que trois mois à vivre.

— Je vois.

Cette révélation me stupéfie. Certes, Eric m'avait prévenu qu'il n'était pas en bonne santé, et Kalika l'avait dit, elle aussi. Elle avait même laissé entendre que c'était la raison pour laquelle elle l'avait tué : ainsi, sa prochaine réincarnation lui serait plus favorable.

— Je suis ta fille. Tu devrais me croire. Moi, même quand je sais que tu me mens, je te crois.

Kalika m'avait peut-être dit la vérité.

Mme Hawkins pleure en silence.

— Le jour où Eric est mort, deux policiers sont venus sonner à la porte, dis-je le plus calmement possible. Ils enquêtaient sur la disparition d'Eric, mais la personne dont je vous ai parlé – celle qui a tué votre fils – a réussi à les convaincre de l'accompagner. Et je n'ai plus jamais revu ces deux policiers. J'en ai donc conclu que cette femme les avait assassinés, eux aussi, mais les journaux n'en ont jamais parlé. Pourtant, les journalistes sont généralement à l'affût de ce genre de nouvelles, parce que les flics morts se vendent bien. Quand vous avez parlé avec les policiers qui ont retrouvé le corps de votre fils, ont-ils fait état devant vous de la disparition de deux de leurs collègues ?

Mme Hawkins sèche ses larmes.

— Non, dit-elle.

Je parle à voix haute, mais c'est surtout à moi que je m'adresse.

— Ils auraient dû en parler, pourtant, non ? La disparition des deux policiers aurait pu avoir un rapport avec la mort de votre fils ?

— C'est aussi ce que je pense. Ces deux policiers sont peut-être toujours vivants.

Reprenant le cookie entamé tout à l'heure, je tente de rassembler mes souvenirs.

— *Comment ça s'est passé, avec les policiers ?*

— *À merveille.*

— *Ils vont bien ?*

— *Ne t'en préoccupe pas, Mère, c'est inutile.*

— Ils sont peut-être toujours vivants, dis-je.

Je m'inquiète peut-être pour rien.

Chapitre 14

La nuit où je suis redevenue vampire, j'avais absolument besoin d'un peu de sang ayant appartenu à Yaksha, afin de l'utiliser comme catalyseur d'aura. Et je me suis dit que le seul endroit où je pourrais en trouver, c'était la fourgonnette d'Eddie Fender, dans laquelle il avait conservé le corps torturé de Yaksha, prisonnier du compartiment frigorifique. En effet, c'était bien là que j'avais déniché, sous un carton de crèmes glacées, un peu de sang gelé. Mais avant, j'avais eu une conversation peu banale avec un vieux clochard à cheveux blancs, dont le visage triste indiquait qu'il avait connu des revers de fortune. Pourtant, quand je m'étais approchée de lui pour lui dire bonjour, il avait réagi comme s'il s'attendait à ma venue.

— Vous êtes ravissante, ce soir. Mais je sais que vous êtes pressée.

— Comment le savez-vous ?

— Je sais pas mal de choses. C'est cette fourgonnette qui vous intéresse, je suppose. Je l'ai surveillée pour vous.

— Depuis combien de temps attendez-vous que j'arrive ?

— Je ne sais pas trop. Je crois que je suis ici depuis votre dernière visite.

La fourgonnette ne devrait pas se trouver là : la police aurait dû l'envoyer à la fourrière deux mois auparavant. Non seulement elle était encore garée au même endroit, mais en plus, le compartiment réfrigéré fonctionnait encore. Le clochard insinuait même qu'il s'était chargé de la garder en état de marche. Ce qui était crucial, parce que si le sang s'était décomposé, je n'aurais pas pu l'utiliser, et j'aurais été dans l'impossibilité de redevenir vampire. Et je n'aurais pas pu protéger l'enfant…

Un problème se posait : le clochard était-il au courant de tout ça ?

De toute évidence, il savait quelque chose.

Et un autre problème se posait : *comment* avait-il été mis au courant de ce qui se passait ?

Comme le soleil se couche et que je n'ai rien de mieux à faire, je décide de retourner dans la rue où j'ai rencontré le vieil homme. Et là, à mon grand étonnement, je le trouve assis à côté de l'endroit où était garée la fourgonnette. Celle-ci n'est plus là, mais le clochard n'a pas changé. En fait, exactement comme la dernière fois, il est en train de boire du lait directement à la bouteille. Je m'approche de lui, et il lève les yeux vers moi. Ses yeux se mettent à briller, reflétant la lumière sale des lampadaires. Mais il ne se lève pas. C'est un homme âgé qui doit être perclus de rhumatismes. Je me souviens que la dernière fois, je l'avais aidé à se mettre debout. Il m'adresse un sourire particulièrement chaleureux.

— Vous revoilà, me dit-il. Je me disais bien que vous reviendriez un jour.

— Vous m'attendiez ?

— Bien sûr. Ça m'est égal, d'attendre. Je n'ai pas grand-chose à faire, en ce moment, vous savez.

Je m'accroupis à côté de lui.

— Et quand vous ne m'attendez pas, vous faites quoi ?

Le vieil homme est timide.

— Oh, j'essaie de travailler un peu, je fais des petits boulots, par-ci par-là. Je rends service, quoi.

Je lui souris.

— En tout cas, vous m'aviez été d'un grand secours, la dernière fois.

L'homme est content.

— Tant mieux. Mais vous êtes une fille brillante, vous savez comment vous sortir d'affaire toute seule.

Il s'interrompt.

— Hé, une petite partie de cartes, ça vous dirait ?

Sa proposition m'étonne.

— Une partie de poker ?

D'un geste, il fait signe que non.

— Non, je suis trop vieux pour jouer au poker, c'est trop difficile. Il faut réfléchir. Que diriez-vous d'une partie de vingt et un ? Je serai la banque. Je suivrai les règles de la banque. Je relancerai à chaque seize, et je vous donnerai une carte chaque fois que vous me le demanderez, à condition que vous promettiez de me donner un pourboire si vous remportez la partie. Qu'est-ce que vous en pensez ? Vous savez jouer au vingt et un ?

Je m'assieds en tailleur en face de lui.

— J'adore jouer. Vous avez des cartes ?

Enfonçant la main dans la poche de son manteau élimé, il en tire un jeu.

— Si j'ai des cartes ? Voici un paquet qui sort tout droit d'une des tables de black jack d'un casino de

Las Vegas. Vous permettez que je mélange le jeu ? Ce sont les règles, vous comprenez. Celui qui distribue bat les cartes.

— Mélangez. Qu'est-ce qu'on parie ?

Avant de battre les cartes, il boit une gorgée de lait.

— Aucune importance.

Et il part d'un grand éclat de rire, qui résonne dans mes oreilles comme une musique joyeuse : ça fait si longtemps que je n'ai pas entendu quelqu'un rire de bon cœur.

— Un vieux clodo comme moi, qui n'a rien à perdre !

À mon tour, je me mets à rire.

— Comment vous appelez-vous, cher vieux clodo ?

Il me regarde droit dans les yeux.

— Hé, attendez un peu... Vous êtes bien plus jeune que moi, et vous ne m'avez jamais dit quel était votre nom.

Je lui tends la main.

— Je m'appelle Sita.

Et nous nous serrons énergiquement la main.

— Et moi, c'est Mike.

— Vous venez d'où, Mike ?

Lâchant ma main, il commence à battre les cartes. Pas de doute, c'est un professionnel : d'une seule main, il est capable de battre le jeu tout entier. Pourtant, il y a dans sa voix une certaine tristesse qui ne m'échappe pas. Sans être désespéré, il est néanmoins amer.

— Je suis allé dans beaucoup d'endroits différents, Sita, me dit-il. Vous savez ce que c'est, quand on a mon âge, les souvenirs se mélangent. Mais j'essaie de ne pas rester inactif, et de continuer à m'occuper. Et vous, vous venez d'où ?

— D'Inde.

Ma réponse l'impressionne.

— Sacrebleu, c'est drôlement loin ! Il a dû vous arriver tout un tas d'aventures entre l'Inde et ici !

— Trop, Mike. Mais allez-vous enfin vous taire et commencer à distribuer les cartes ? Maintenant que je sais que c'est votre jeu favori, j'ai hâte de vous battre.

Il sourit toujours, mais il prétend que je l'ai offensé.

— Dites donc, ma petite, attendez un peu. Nous n'avons pas encore décidé quel serait l'enjeu de la partie. Qu'est-ce que vous avez ?

— Moi, j'ai de l'argent.

— L'argent, c'est bien. Vous avez combien ?

Je mets la main dans la poche arrière de mon jean.

— Trois cents dollars, en billets de vingt.

Il en siffle d'aise.

— Doux Jésus ! Vous vous promenez avec tout votre argent sur vous ! C'est pas très malin, ça, vous le savez ?

Je lui mets sous le nez la liasse de billets que je viens de retirer d'un distributeur automatique.

— Je veux bien parier toute cette somme. Et vous, vous pariez quoi ?

Ma question semble le surprendre, et légèrement soupçonneux, il me lance :

— Qu'est-ce que vous voulez, au juste ?

— Oh, quelques indices que vous me donneriez gentiment feraient parfaitement l'affaire, comme vous le suggériez tout à l'heure. Vous pourriez me donner quelques renseignements ? À condition que je gagne, bien sûr…

Feignant de craindre que des oreilles indiscrètes puissent l'entendre, il réplique en baissant le ton :

— Quand on gagne, ma fille, on n'a pas besoin de tuyaux. C'est quand on perd qu'il est important d'en avoir.

Et il commence à distribuer les cartes.

— Bien sûr que je vous aiderai. Ne soyez pas trop dure avec ce pauvre Mike, c'est tout ce que je vous demande.

Je pose un vingt.

— Je vais essayer de bien me tenir.

Il me sert un quinze, sale main. Lui semble en meilleure posture. Avec un dix. Il pioche une autre carte et fait la grimace. D'après les règles, je devrais relancer, je le sais, mais j'ai horreur de rechercher une main-forte avec une marge de manœuvre aussi étroite. Il attend que je me décide, un sourire rusé sur ses vieilles lèvres.

— Il faut savoir prendre des risques… dit-il pour me narguer.

— C'est vrai.

Je gratte le sol entre nous.

— Servez-moi une carte.

Un sept. Ce qui fait vingt-deux. Grillé. Je redescends de vingt points.

Il distribue à nouveau. J'ai un total de onze, et il pose un six, sa carte la plus faible. Normalement, selon les règles généralement en vigueur, j'ai donc le droit de contrer, mais je lui demande une confirmation, histoire d'être sûre de mon coup. Il acquiesce, ravi de me resservir. Je ne sais pas ce qu'il va faire, si c'est lui qui perd la partie. Je pose encore un vingt à côté des cartes déjà retournées, et il me tend une carte.

— Un neuf. Qui fait vingt. Joli coup.

— Vous-même êtes très jolie, Sita, dit le vieil homme en retournant ses cartes, qui totalisent onze points. Puis il tire un dix, obtenant ainsi vingt et un. Encore une fois, il me bat d'un point, et mon quarante lui revient.

— Flûte ! dis-je, vexée.

Je perds les six donnes suivantes. J'ai beau appliquer les règles, je ne cesse de prendre de mauvaises décisions. D'après les règles officielles, j'aurais dû remporter la moitié des mains, mais bien que Mike semble ravi d'empocher mon argent, je ne crois pas qu'il triche pour autant. Il a déjà gagné deux cents dollars, c'est-à-dire les deux tiers de la somme que j'avais au début de la partie. Si je ne me décide pas à gagner, je vais rentrer à pied.

Cette fois, les cartes me sont favorables : black jack.

Lui n'a qu'un sept. Je gagne, enfin.

Mike me tend un billet de vingt dollars – celui que je viens de parier.

— Vous le voulez ? me demande-t-il, un éclair de malice dans les yeux.

— Ne deviez-vous pas me donner le tuyau dont j'ai besoin ?

— Mais vous avez gagné, Sita. Le sort en a décidé ainsi, sans que vous ayez à faire quoi que ce soit. Quand on doit gagner, on gagne, c'est comme ça.

Il rassemble les cartes. Nous avons utilisé tout le jeu, et il faut que Mike batte le jeu à nouveau. L'air de rien, il y va de son commentaire :

— Vous savez que si nous étions dans un casino, et que je disposais du sabot du croupier, je pourrais distribuer l'équivalent de six jeux sans avoir besoin de battre les cartes. Qu'est-ce que vous en dites, hein ?

Je n'en reviens pas.

Mais des anges noirs forceront sa mère et lui à rejoindre le miroir dans le ciel, là où les sabots se déplacent sans pieds, là où le cercle d'émeraude apparaît dans la lumière du matin.

Le lac Tahoe, je m'en souviens soudain, était surnommé « le miroir dans le ciel » par les Indiens qui vivaient dans la région, parce qu'ils devaient escalader la montagne avant d'y parvenir : une fois là-haut, le lac leur apparaissait si vaste, si clair, qu'ils avaient l'impression de contempler un miroir parfait dans lequel le ciel se reflétait. Sans compter qu'il y a dans le lac une petite anse naturelle qui répond au nom de Baie d'Emeraude. Et enfin, il y a dans les environs des casinos où l'on trouve des sabots spécialement destinés aux joueurs de black jack. Ce même jeu auquel nous jouons en ce moment, mais sans l'un de ces sabots qui se déplacent sans pieds.

Kalika avait un livre sur le lac Tahoe.

Le regard de Mike est rivé sur moi.

— On en fait une autre ?

Lentement, je secoue la tête.

— Non, ce ne sera pas nécessaire, merci.

Mon visage est éloquent, et il se contente de hocher la tête.

— J'imagine que vous allez continuer votre route, à présent. Ça m'embête de vous voir partir.

Je plante mon regard dans ses yeux brillants.

— Vraiment, Mike ?

Il hausse les épaules.

— Je sais que vous avez un boulot à finir, et je ne voudrais surtout pas vous en empêcher. J'aime bien que vous me rendiez visite, c'est tout. Ça me rappelle ma jeunesse.

— Je suis plus âgée que je n'en ai l'air, mais vous êtes sûrement au courant.

Il me lance un regard plein de malice.

— Eh bien, oui, je sais tout ça. Mais je dois dire que pour moi, vous êtes encore une petite fille.

Me penchant vers lui, je le serre dans mes bras. Je sens ses côtes, ses vêtements crasseux, et surtout, son amour. Un sentiment très fort m'envahit, comme si j'avais enfin retrouvé un membre de ma famille, une famille dont je n'avais jamais soupçonné l'existence. Mais le temps m'est compté. Mike a raison – j'ai un boulot à finir. Je me redresse, bien que l'idée de quitter le vieil homme me chagrine. Je sais qu'il ne me répondra pas franchement, mais il faut quand même que je lui pose une dernière question.

— Quand je reviendrai dans le coin, vous serez encore là ?

Il se gratte la tête, boit une gorgée de lait. Pendant un court instant, il ne sait plus quoi dire. Comptant rapidement les billets qu'il a gagnés, il les fourre dans la poche de son manteau, puis il se met à tousser. Enfin, il jette un rapide coup d'œil autour de lui, pour vérifier que personne n'est en train de nous espionner, puis il lève la tête vers moi.

— Je suis désolé, Sita, je n'en sais rien. Comme je vous ai dit, je bouge beaucoup, j'essaie de m'occuper. Mais j'espère qu'on se reverra.

Et il ajoute :

— J'aime votre esprit.

Je me penche à nouveau vers lui pour déposer un baiser sur son front.

— Moi aussi, Mike, j'aime votre esprit. Soyéz là quand je reviendrai, d'accord ?

Timidement, il sourit.

— Je verrai ce que je peux faire.

Chapitre 15

Ce qui devait arriver arriva. La Reine Delar devint l'élève de Suzama, et peu de temps après, elle fut initiée par ses soins, chez elle. Suzama refusa d'accomplir le rituel dans la Grande Pyramide, déclarant que les vibrations y étaient définitivement marquées de l'empreinte d'Ory et des initiations pratiquées par les diaboliques Setians. De plus, Suzama ne voulait pas que les prêtres, si puissants, apprennent ce qui se passait. Elle demanda à la reine de ne révéler à personne l'existence des rituels. Suzama savait que le roi Namok n'en avait plus pour très longtemps à vivre.

Six mois plus tard, le roi mourut, et la Reine Delar décida d'agir – plus audacieusement que Suzama ne l'aurait souhaité. La reine proclama immédiatement son attachement au culte d'Isis, et elle encouragea tous ceux qui le désiraient à suivre les enseignements de Suzama. Mais la reine fut assez sage pour ne pas en faire une religion d'Etat, et Suzama refusa de prendre pour élèves des gens qui ne seraient pas volontaires. Dans le même temps, la reine donna l'ordre de bâtir un temple dédié à Isis à proximité de la Grande Pyramide, dans laquelle Suzama refusait d'entrer. La reine voulait un temple somptueux, mais Suzama parvint à la convaincre de construire un édifice plus modeste. Ainsi, moins d'un an après la mort du roi, Suzama disposa enfin d'un lieu où elle pouvait enseigner. Elle le décora de plantes et de fleurs, ainsi que de cristaux précieux provenant de tout le continent africain.

Naturellement, au cours de cette période, les Setians virent leur influence sur la cour et sur le pays diminuer de façon dramatique. Mais comme Suzama lui avait conseillé la modération, la reine ne les bannit pas d'Égypte. Je voulus savoir pourquoi Suzama se montrait aussi tolérante à l'égard des Setians, et elle me répondit qu'elle croyait à la liberté de culte, quitte à protéger un groupe malfaisant qui ne méritait pas autant sa bonté. Mais je doute que même Suzama ait été au courant du nombre de tueurs qu'Ory dépêcha dans le but de se débarrasser de nous. Aucun d'eux ne revint auprès d'Ory, naturellement, bien qu'ils aient pris soin de se déplacer par groupe de trois ou quatre. En ce temps-là, je dormais peu, et je ne m'asseyais jamais le dos à la porte.

Mais je ne bus jamais le sang de Setians, dont l'odeur suffisait à me dégoûter. Il me paraissait évident que les Setians disposaient de pouvoirs magiques, et je commençai alors à accorder du crédit à la rumeur qui les accusait d'être en contact avec une race de reptiliens disparue depuis très longtemps – et avec laquelle ils communiquaient grâce à des jumeaux parfaitement identiques servant de catalyseurs. Plus important encore, je me mis à enquêter sur leurs prétendus liens avec les descendants directs de cette race, qui vivaient alors sur différents satellites en orbite autour de lointains soleils. Je savais que les pouvoirs des Setians avaient une autre origine, et je voulus en avoir le cœur net. Mais mon enquête ne me mena nulle part.

Même les Setians que j'avais tués de mes propres mains possédaient une force immense, qui résidait dans leur regard et qui générait un champ magnétique susceptible de réduire à néant la volonté d'êtres plus faibles. Ce pouvoir n'avait aucun effet sur moi, naturellement, mais je voyais les effets qu'il avait sur les habitants de la ville, partout où les Setians étaient autorisés à prêcher. Le peuple égyptien aurait dû voir en Suzama la grande prophétesse qu'elle était, les masses auraient dû suivre ses enseignements, mais le nombre de ses disciples restait pourtant relativement petit, même après la construction du temple dédié à Isis. Il faut dire que les Setians répandaient constamment sur elle d'odieux mensonges, avivant la haine du peuple à son égard.

Heureusement, Suzama protégeait la reine des attaques d'Ory et de ses disciples. La Reine Delar refusa même de rencontrer Ory après la mort du roi, bien qu'il m'arrivât de temps en temps de le croiser. Ory faisait toujours preuve avec moi d'une grande politesse, mais quand il m'adressait la parole, je ne manquai jamais de remarquer les sifflements de serpent qui sortaient de sa gorge. Comment aurais-je pu ne pas les entendre ? D'une certaine façon, nous étions cousins. Yaksha, qui était lui-même un *yakshini*, avait fait de moi la vampire que j'étais, et les *yakshini* sont bien connus en Inde pour être une race de serpents dotés de pouvoirs mystiques.

Pourtant, Ory était totalement différent de Yaksha, qui vénérait Krishna plus que tout au monde. Et le pouvoir que j'exerçais sur les autres était d'une autre nature que celui des Setians. Leur pouvoir laissait leurs victimes dans un état de faiblesse qui les désorientait pour le reste de leur existence : nombreux furent ceux qui ne s'en remirent jamais, et les effets de ce pouvoir mystérieux furent bientôt connus sous le nom de *semences,* parce qu'il plantait dans l'esprit des gens les graines d'une conscience nouvelle, qui ne leur appartenait plus.

Je voyais bien que l'affrontement avec les Setians était inévitable à plus ou moins long terme, mais l'explosion se produisit plus rapidement, et avec une violence bien plus grande que je ne l'avais imaginé. Suzama n'avait que dix-neuf ans lorsque je reçus une invitation qui m'était adressée personnellement par Ory. Ce dernier voulait me rencontrer dans le désert, afin que nous puissions parler en tête à tête de nos différends, et mettre un terme au conflit larvé qui nous opposait. Je reçus cette invitation six jours après avoir massacré dix de ses hommes, qui s'étaient introduits, la nuit, dans le Temple d'Isis. C'était la première fois qu'Ory envoyait autant d'hommes, et j'avais eu de la chance en les tuant tous. S'il avait envoyé vingt de ses sbires, ils auraient réussi à nous liquider définitivement, Suzama et moi. J'avoue que je me suis demandé pourquoi il ne l'avait pas fait. J'aurais dû me méfier...

J'envoyai un messager à Ory, lui disant que je serais heureuse de le rencontrer.

Tout comme j'avais l'intention de le tuer, Ory avait décidé de m'éliminer.

Avant de partir dans le désert, je mis Suzama au courant de mon plan. Elle se trouvait alors à l'intérieur du Temple d'Isis, et elle semblait particulièrement songeuse. Quand je suis entrée, elle était en train d'écrire sur un papyrus qu'elle a promptement dissimulé à ma vue. Cette fois-là, elle ne m'accueillit pas aussi chaleureusement que d'habitude. Avant même que je prenne la parole, elle voulut savoir pourquoi je portais des vêtements bédouins.

— Tu as tort de croire que tes ennemies n'ont que des qualités, lui dis-je. Je suis lasse d'être toujours sur mes gardes, et je t'annonce que j'ai rendez-vous avec Ory, ce soir, dans le désert. C'est lui qui a décidé du lieu de la rencontre, mais il se trouve que je le connais bien. Un corps décapité ne survit pas longtemps, et ce soir, tout sera fini.

Mais Suzama secoua la tête.

— Ceci va à l'encontre de ma volonté. Tu n'as pas demandé ma permission. Ce soir, les étoiles n'indiquent rien de bon, et tu dois annuler cette rencontre. Tout de suite.

Je pris place à côté d'elle. Elle semblait presque disparaître dans les gros coussins en soie sur lesquels elle reposait. Vêtue d'une simple tunique longue et blanche, elle avait autour du cou un foulard bleu, dont l'étoffe légère était constituée de fils d'or qui dessinaient toutes les constellations visibles dans le ciel, y compris celles qu'on ne voit que de l'hémisphère sud, et dont Suzama, disait-elle, avait appris l'existence grâce à des visions. Je ne doutais pas qu'elles existassent vraiment, même si j'avais de bonnes raisons de réfuter les arguments de Suzama quand elle parlait d'Ory. À mon tour, je secouai la tête.

— Je t'ai caché le nombre d'hommes dévoués à Ory que j'ai assassinés la semaine dernière, dis-je.

— Combien ?

— Dix.

Elle fit la grimace.

— Ici, dans le Temple d'Isis ?

— Non. J'ai pu me débarrasser de la plupart à l'extérieur du temple, mais si je ne détruis pas Ory dès aujourd'hui, d'autres viendront, qui nous tueront.

— Mais tu ne connais pas Ory, tu ne sais pas qui il est.

— Bien sûr que si. C'est un Setian.

D'une voix grave, Suzama poursuivit :

— Ory est un authentique Setian. Exactement comme toi, qui n'es plus un être humain comme les autres, il n'appartient plus à la race des Terriens. Ceux qu'il a chargés de nous tuer n'étaient que de simples apprentis.

Elle se tut un instant, puis elle dit :

— Je le soupçonne de venir d'une autre planète.

— Ça m'est totalement égal, dis-je. S'il vient seul, je me chargerai de lui régler son compte. Et s'il est accompagné, j'aviserai. Mais je sais que je dois l'affronter. Il serait parfaitement idiot d'attendre plus longtemps.

Suzama réfléchit.

— La sagesse n'est pas toujours une affaire de logique.

— N'ayant pas ta sagesse, Suzama, je ne peux déterminer mon plan d'action qu'à partir de ce que je vois, et ce que je sais.

Elle posa la main sur ma cuisse, que couvrait à peine l'étoffe de ma djellaba.

— Tu sais, j'avais prévu que nous aurions cette conversation, me dit-elle. Rien de ce que je pourrais te dire ne parviendra à te faire changer d'avis, parce que les étoiles en ont décidé ainsi, et parce que tu es ce que tu es. Les étoiles prétendent régir ton existence, mais c'est faux.

S'interrompant un instant, elle reprit la parole d'une voix lointaine, comme si elle était très loin de moi.

— Ce soir, les étoiles sont positionnées exactement comme elles l'étaient lorsque tu as été transformée en vampire.

Cette révélation me stupéfia.

— C'est vrai ?

Solennelle, elle hocha la tête.

— Le serpent marchait dans la forêt, et le lézard rampe dans le sable. C'est la même différence.

Les yeux mouillés, elle prit ma main et la serra entre les siennes.

— Ce soir, Sita, l'heure est venue pour toi de te transformer. Tu comprends ce que je suis en train de te dire ?

— Oui. L'ultime transformation, c'est la mort. Effectivement, je cours le risque d'être tuée par Ory.

— Oui, c'est possible.

— Tu n'en es pas certaine ?

Elle ne me répondit pas tout de suite.

— Non. La Mère Divine ne m'a rien montré.

Puis Suzama parut redescendre sur terre, et elle déposa un baiser sur ma joue.

— Les mots sont inutiles, ce soir. Va, Sita, et que la lumière t'accompagne. Je t'attendrai. Et quand tu reviendras ici, je serai là.

Je la serrai dans mes bras.

— Je te dois beaucoup, Suzama. Peut-être que ce soir, je paierai ma dette.

À trente kilomètres de la ville, en plein désert, il y avait un endroit qui s'appelait « Le cirque des mouches ». À la fin du printemps, les mouches y étaient si nombreuses qu'il était impossible, pendant la journée, de respirer sans en avaler. Mais la nuit, ces milliers de mouches disparaissaient sans qu'il soit possible d'expliquer ce phénomène. Il n'y avait rien à manger pour les mouches, sauf si un fennec avait la bonne idée de venir mourir dans ce coin du désert. Pourtant, on retrouvait là-bas un nombre inhabituel de cadavres d'animaux : même les oiseaux mouraient en plein vol en survolant ce périmètre.

C'était là qu'Ory tenait à me rencontrer.

J'arrivai avant l'heure prévue pour le rendez-vous, afin de m'assurer qu'aucun de ses sbires ne s'était caché dans le coin. Personne n'était en vue. C'était une nuit sans lune, mais je n'avais pas besoin d'y voir, au contraire : je ne risquais pas d'être distraite par la luminosité des étoiles. Les paroles de Suzama continuaient à me hanter. Elle avait conclu notre entrevue de façon plutôt brutale. *Les mots sont inutiles, à présent.*

Soudain, Ory apparut, perché sur le dos d'un chameau.

Bizarrement, je ne l'avais pas entendu arriver.

Il descendit de sa monture, et s'avança lentement vers moi. Moi aussi, j'étais venue à dos de chameau, et j'avais renvoyé l'animal. Parcourir les trente kilomètres qui me séparaient de la ville ne me faisait vraiment pas peur, et j'espérais bien rentrer en emportant avec moi la tête d'Ory. Comme moi, ce dernier portait à la ceinture, en plus de sa dague, un grand sabre. Tendant l'oreille, je ne détectai aucune présence humaine, à part la sienne, et je me dis qu'il était vraiment stupide de me rencontrer dans de telles conditions. Malgré l'absence de clair de lune, son crâne chauve luisait tandis qu'il s'approchait de moi en souriant. Il émanait de sa personne une odeur répugnante, comme s'il avait oint son crâne de graisse de mouton.

— Sita, me dit-il, je croyais que vous ne viendriez pas.

Je ne ratai pas cette occasion de me moquer de lui.

— Je n'aurais pas laissé passer une si belle occasion de rencontrer le grand conseiller spirituel que vous êtes.

— À ce propos, savez-vous d'où les Setians tiennent leur pouvoir spirituel ?

— D'une source malsaine. D'un endroit dépourvu d'amour et de compassion. Je ne connais pas l'origine de ce pouvoir, mais je préfère l'ignorer.

Ory se tenait près de moi, mais sa main était ostensiblement loin de son sabre. D'un geste, il désigna le vaste ciel.

— Ce monde n'est pas unique. Nous régnons sur de nombreux royaumes, et si vous joignez vos forces aux miennes, vous y aurez accès, vous aussi. Depuis deux ans, je vous observe avec la plus grande attention, Sita, et je sais que vous êtes l'une des nôtres. Votre pouvoir vous permet d'avoir tout ce que vous désirez, et vous tuez afin de satisfaire vos appétits. Vous aimez la vie, et vous n'encombrez pas votre conscience de remords inutiles. Pourtant, vous vous dissimulez derrière cette esclave qui fait office de voyante. Et c'est précisément ce que je ne comprends pas.

— Je ne me dissimule derrière personne. Suzama est bien plus qu'une simple voyante, elle perce à jour le cœur des hommes et des femmes. Elle apporte la paix de l'âme à ceux qui souffrent, elle soigne les malades. Les Setians ne font rien de tout ça, parce qu'une seule chose les intéresse : le pouvoir. Moi, le pouvoir m'ennuie, je dirais même qu'il me dégoûte. Vous croyez que nous sommes de la même race parce que je suis forte, mais la force est justement la seule chose que nous ayons en commun. Sachez seulement qu'avant le lever du jour, nous n'aurons plus rien en commun, parce que le sable recouvrira votre cadavre, tandis que j'annoncerai à tous la bonne nouvelle : j'aurai débarrassé le monde du dernier représentant d'une race détestable.

Ma déclaration sembla amuser Ory.

— Votre Suzama, cette sainte, vous permet-elle de tuer ceux qui vous gênent ?

— J'en référerai à Suzama dès que j'en aurai fini avec vous.

— Et vous pensez vraiment que vous pouvez détruire tous les Setians aussi facilement ?

Je haussai les épaules.

— Jusqu'à présent, ils ne m'ont pas posé de problèmes particuliers.

Il se rapprocha, le visage dur. Il ne souriait plus.

— Vous êtes idiote. J'ai envoyé des novices dans le seul but de tester votre force. Depuis que vous vivez dans ce pays, vous n'avez rencontré qu'une poignée de représentants de notre ordre secret, sans même vous rendre compte que vous aviez affaire à des Setians. Nous sortons très rarement des profondeurs de la Grande Pyramide, et moi seul, Ory, chef des Setians, m'occupe des contingences matérielles de ce monde. Mais je vous préviens que je n'ai l'intention de partager ce monde avec personne – ni Suzama ni vous. À vous de choisir : soit vous vous joignez à nous, et vous devrez me jurer une obéissance éternelle, soit vous mourrez ici même.

J'éclatai de rire.

— Vous me parlez de ce que je ne connais pas. Mais moi, je vous dis que vous ne savez pas qui je suis.

Tirant mon sabre, je poursuivis :

— Le sang qui coule dans mes veines n'est pas un sang humain, mais je possède pourtant la force de plusieurs hommes. Tirez votre sabre et battez-vous, Ory. Et plutôt que de mourir comme un couard, comme un faux prêtre qui manipule les âmes naïves, choisissez de quitter cette vie comme un guerrier.

Mais au lieu de brandir son sabre, Ory leva les bras vers le ciel.

Dans ses yeux brillait une étrange lueur rouge.

Et quand il parla, sa voix résonna comme un coup de tonnerre.

— Par la volonté de ceux qui précédèrent l'humanité, que vienne à présent la nuit de Set, celle qui réside dans les étoiles qui brillent de tous les feux du sang. Lève les yeux, Sita, et contemple la force que tu crois pouvoir défier.

La voix d'Ory était si puissante que je ne pus m'empêcher de lui obéir. À ma grande stupéfaction, le ciel n'était plus le même : de nouvelles constellations avaient recouvert celles qu'on voyait habituellement. Des myriades d'étoiles rouges brillaient d'un éclat intense et vibrant, comme autant de cœurs stellaires alimentant le corps gigantesque d'un être à l'échelle du cosmos. La vue de ces constellations ardentes me donnait la nausée : comment Ory avait-il réussi à modifier la voûte céleste ? Ce devait être un sorcier particulièrement redoutable, pour accomplir un tel prodige.

Le sabre à la main, je me précipitai vers lui pour le décapiter.

Mais un éclair de lumière verte me stoppa en plein élan.

Et la lame de mon sabre se liquéfia, aussitôt absorbée par le sable.

Littéralement carbonisée, ma main était brûlante. Sous le coup d'une douleur insupportable, je tombai à genoux. Ory me dominait de toute sa taille, et par-delà sa haute silhouette, les étoiles rouges étincelaient, avec une intensité redoublée. Soudain, ce fut comme si elles s'étaient rassemblées en un énorme bloc qui fonçait vers nous. À travers le voile de douleur qui m'aveuglait, je vis qu'elles avaient formé un cercle, et ce cercle commença à tourbillonner. Tout autour, l'air lui-même parut s'enflammer. Ory, lui, triomphait.

— Nous, les Setians, nous contrôlons les éléments, déclara-t-il. Là, c'était le feu, au cas où vous ne l'auriez pas compris. Et maintenant, je vais vous faire une démonstration de notre contrôle sur la terre.

Il balança violemment son pied dans ma poitrine. Trop tard, je compris alors qu'il était dix fois plus fort que moi. Projetée en arrière, je retombai lourdement sur le sable, écartant les bras comme pour une crucifixion. C'était exactement le résultat qu'il cherchait à obtenir. Avant que je n'aie le temps de réagir, les étoiles rouges qui brillaient au-dessus de la tête d'Ory recommencèrent à pulser, et le sable se mit à craquer de chaque côté de mon corps. L'espace d'un instant, je crus qu'il était vivant : le sol venait de se changer en une boue liquide formant une masse animée, et je vis alors comme un poing qui se refermait sur mes jambes et agrippait mes bras. Puis le sable se solidifia, et je fus prisonnière d'une gangue de pierre. La scène ne dura que quelques secondes. La dague à la main, Ory s'agenouilla près de moi et approcha la lame de mes yeux.

— Voilà ce que j'appelle le pouvoir. Le *vrai* pouvoir, me dit-il.

Pour toute réponse, je lui crachai au visage.

— Ça ne m'impressionne pas du tout.

S'essuyant le visage d'un revers de main, il fit glisser la pointe de sa dague sur mes paupières.

— Vous êtes belle, Sita. J'aurais pu faire de vous ma maîtresse, mais je me rends compte qu'il aurait été impossible de vous dominer. Pour un Setian, il est primordial de contrôler ceux qui lui sont inférieurs.

— Tuez-moi, et finissons-en. Je n'ai plus envie d'entendre vos radotages.

Ory esquissa un sourire.

— Il ne sera pas facile de vous tuer, Sita. Je sais que vous guérissez rapidement des blessures qu'on vous inflige, mais je sais aussi qu'une dague empoisonnée, comme celle-ci, peut causer votre mort si elle reste plantée dans votre corps en empêchant la plaie de se refermer.

Il enfonça alors profondément la dague dans mon ventre, et la lame brûla ma chair comme si on y déversait les larmes glacées d'un millier de victimes tuées par mes soins. Je compris que toutes les histoires qu'on racontait à propos de la dague d'Ory étaient vraies. Oui, c'était bien l'homme qui avait énucléé ses ennemis pour dévorer leurs yeux. Mais il n'avait pas l'intention de faire de même avec moi, parce qu'il voulait que j'assiste au lever du soleil et que je voie les millions de mouches qui recouvriraient mon corps. Le poison dans lequel il avait trempé la lame de sa dague produisait lentement son effet, et n'était pas destiné à me tuer rapidement, mais au contraire, à prolonger mon agonie.

Les étoiles rouges avaient disparu.

Ory se redressa et remonta sur son chameau.

— Je contrôle la terre en ville aussi facilement qu'en plein désert, lança-t-il du haut de sa monture. Quand le soleil sera haut dans le ciel, le Temple d'Isis s'écroulera, et il ne restera rien de votre précieuse Suzama. Peut-être que le bruit parviendra jusqu'à vous. Sachez seulement que les mouches qui viennent se nourrir ici sont toujours affamées, et que vous n'aurez pas longtemps à attendre avant de retrouver votre amie.

— Ory !

Il se retourna.

— Sita ?

— Nous nous reverrons. Je n'en ai pas fini avec vous.

— Mais moi, si.

Et il s'éloigna en riant.

Le soleil se leva, et les mouches apparurent. Ma blessure saignait lentement, et graduellement, la douleur augmentait. Le vent du désert brûlait mon corps martyrisé, et du ciel fondaient sur moi des milliers d'insectes. Le bruit produit par les innombrables mouches qui me suçaient le sang aurait suffi à me rendre folle, et les répugnantes bestioles polluaient mon âme tout autant que ma chair. Il ne me restait qu'à attendre midi, et un signal indiquant la mort de mon amie. Je pressentais que j'allais entendre quelque chose.

La matinée s'écoula inexorablement. Le simple fait de respirer tournait au cauchemar, et continuer à vivre représentait la pire des tortures. Pour la première fois, je priai pour que je meure. Je maudis même Krishna, mon dieu bien-aimé. Où était la grâce qu'il m'avait soi-disant accordée ? Je ne lui avais pas désobéi, pourtant. Seulement il m'avait poussé à affronter un ennemi invincible. Et je compris qu'il n'y avait plus aucun espoir de sauver le monde. Les Setians représentaient un danger bien pire qu'un million de vampires, et ils étaient en train d'envahir jusqu'aux confins de l'univers.

Le soleil arriva enfin à son zénith, telle une boule de feu écarlate.

L'intérieur de mon crâne commença à bouillir, et je m'entendis qui hurlais à la mort.

Puis un bruit énorme parvint à mes oreilles – un raz de marée de coups de tonnerre. Le sol se mit à trembler, puis à danser, comme un vêtement dont les coutures cèdent brutalement. Le sable figé qui engonçait mes jambes et mes bras se craquela, et j'aurais pu me lever si le désert autour de moi ne s'était pas soudain transformé en un océan déchaîné. Ory avait déclenché quelque chose, mais quoi ? Dans leur furie, les éléments étaient devenus fous, et la terre se prenait pour l'eau. Par-delà le Cirque des Mouches, j'entendis le fracas des dunes, qui se brisaient comme des vagues sur une plage.

Soudain, tout s'arrêta et ce fut le silence.

Retirant aussitôt la dague, je me débarrassai des mouches, puis je me mis à ramper. Atteignant le bord de la cuvette, je regardai autour de moi. Mais je ne reconnus pas le désert.

À perte de vue, tout était plat.

Lentement, ma blessure se refermait.

Je parvins ensuite à regagner la ville. Le poison d'Ory était encore dans mes veines, mais sans doute avait-il perdu de sa nocivité. Quand je pus enfin apercevoir les premières maisons, je compris qu'Ory n'était plus, tout comme Suzama. Ory avait dû perdre le contrôle qu'il exerçait sur la terre, à moins que Suzama ne s'en fût saisi au dernier moment pour le forcer à ravaler sa morgue, mais en tout cas, c'en était fini du culte d'Isis et du culte de Set.

Une faille large comme la Grande Pyramide s'était ouverte dans les entrailles de la terre, engloutissant la ville entière. La pyramide et tous les autres temples avaient disparu. Les constructions que la faille n'avait pas réussi à dévorer n'étaient plus que des ruines. J'aperçus quelques survivants qui titubaient parmi les décombres : tous semblaient avoir perdu l'esprit.

Je tentai l'impossible pour retrouver Suzama, en vain.

Peu de temps après, je quittai définitivement l'Égypte.

Chapitre 16

Impossible de trouver un billet d'avion pour le lac Tahoe ou même pour Reno. Seulement pour San Francisco. Seymour, James, le Dr Seter et moi décidons de prendre le premier vol pour Frisco, et de louer une voiture une fois là-bas. Les responsables de la sécurité à l'aéroport ne nous ayant pas laissés monter à bord avec nos armes, nous sommes contraints de nous arrêter en route, vers dix heures du soir. Pendant que les autres m'attendent dans la voiture de location, je m'introduis par effraction dans une armurerie, dans laquelle je dérobe deux fusils à pompe et des munitions. En me voyant revenir avec mon butin, James a l'air plutôt impressionné. Il est assis à côté de moi à l'avant, Seymour et le Dr Seter se partageant la banquette arrière. Le docteur n'a pas bonne mine, et je me demande s'il n'a pas eu une crise cardiaque au cours de la nuit précédente.

— Comment êtes-vous entrée dans le magasin ? me demande James tandis que nous filons vers l'autoroute en direction de l'est.

— J'ai crocheté la serrure, lui dis-je, les mains serrées sur le volant.

— L'alarme ne s'est pas déclenchée ? s'étonne James.

— En tout cas, je n'ai rien entendu.

Je jette un coup d'œil vers les passagers installés à l'arrière.

— Vous avez envie de vous arrêter, Dr Seter ? Il y a justement une station-service à deux kilomètres d'ici.

Le vieil homme est livide, mais il me fait signe que non.

— Nous n'avons pas le temps de nous arrêter. Il faut absolument arriver là-bas avant elle.

Il s'interrompt un instant, puis il poursuit :

— Je m'en veux terriblement, vous savez. J'aurais dû vous montrer le manuscrit dans son intégralité dès que vous me l'avez demandé, au lieu d'attendre. Comment avez-vous réussi à déchiffrer aussi vite les indices concernant l'endroit où se trouve l'enfant ?

— On m'a un peu aidée, dis-je.

— De qui s'agit-il ? me demande James.

— Même si je vous le disais, vous ne me croiriez pas.

— À mon avis, les passagers de cette voiture sont prêts à croire n'importe quoi, grommelle Seymour.

— C'est peu de le dire, reconnaît le Dr Seter.

Mais j'hésite encore à leur parler de Mike.

— Un petit oiseau qui passait par là est venu à mon secours.

James insiste.

— Cet oiseau n'a vraiment pas de nom ?

— Pas que je m'en souvienne.

Et je lui fais un clin d'œil.

Nous atteignons enfin les montagnes à proximité du lac Tahoe et je pars à l'assaut des virages qui mènent au lac. Mes passagers, eux, s'agrippent aux poignées fixées dans le plafond : comme j'ai loué une Lexus – un coupé sport – j'en profite pour pousser le moteur à fond. Le Dr Seter semble prêt à vomir sur les genoux de Seymour, mais il ne se plaint pas. L'enjeu est trop important.

Arrivés au sommet de la montagne, nous apercevons enfin le lac Tahoe, et soudain, je reconnais l'odeur caractéristique de Kalika. La surprise que j'éprouve me surprend moi-même : j'aurais dû m'attendre à la trouver sur notre route, mais en réalité, je n'y comptais pas. Pourtant, je persiste à penser qu'elle n'a pas réussi à élucider l'énigme du manuscrit de Kalika, et qu'au contraire, elle est en train de nous suivre, pratiquant ainsi une sorte de filature psychique dont elle est seule à connaître la technique. À mon avis, elle attend de voir ce que nous avons l'intention de faire. Et c'est un paradoxe, parce que je me rends compte que je risque de mettre la vie de l'enfant en danger en essayant précisément de le retrouver pour le protéger. Il y a certainement une raison qui explique pourquoi ma fille nous a épargnés. Lorsque je me trouvais à l'hôpital avec le bébé, elle ne savait pas où j'étais, mais elle connaissait pourtant mon adresse quand je partageais avec Seymour mon appartement à Pacific Palisades. J'en viens à me demander si l'enfant ne bénéficie pas d'un bouclier psychique que Kalika n'est pas en mesure de combattre, alors que moi, oui.

Mais ça n'a peut-être aucune importance.

Si je peux sentir la présence de Kalika, elle est capable de me voir.

Mais il n'est pas question que je sois venue jusqu'ici pour faire demi-tour et abandonner l'enfant à son sort. Mes propres théories ne m'inspirent pas confiance. Tout ce que je sais, c'est qu'après avoir retrouvé Paula et le bébé, je pourrai les emmener dans un endroit sûr, où ils seront en sécurité. Ça, c'est logique : je peux envisager cette hypothèse sans avoir recours à la sagesse et à l'intuition de Suzama. La route déroulant sa pente devant la voiture, j'appuie sur l'accélérateur, et nous fonçons vers Emerald Bay, la baie d'Emeraude.

Vingt minutes plus tard, nous y sommes.

C'est l'un des sites les plus enchanteurs de la planète. Large de deux cents mètres, la baie est abritée par de majestueuses falaises, au sommet desquelles poussent des pins magnifiques. L'isthme est plutôt étroit, faisant de la baie un excellent abri en cas de tempête sur le lac, ce qui se produit régulièrement. Au milieu, une île minuscule semble attendre les visiteurs : l'endroit est idyllique, parfait pour les jeux des enfants comme pour les siestes de leurs parents. Même à minuit, quand la lune éclaire le lac, la baie circulaire est un endroit magique. Ce soir, pourtant, malgré son nom, l'eau a des reflets argentés, qui me rappellent la lame de la dague qu'Ory m'a plantée dans le corps.

Sans vraiment savoir pourquoi, je me force à penser que c'est de l'histoire ancienne.

Sentant un début de crampe dans mon ventre, je chasse d'un revers de la main une mouche qui vrombissait dans la voiture.

L'odeur de Kalika oblitère mes autres sens. Depuis que le sang de Yaksha coule dans mes veines, je dois reconnaître que mon odorat est devenu l'arme la plus puissante dont je dispose naturellement. Baissant ma vitre, j'utilise mon nez comme l'aiguille d'un compas, m'en servant pour faire le point, et je dois dire qu'il est quasi infaillible. Cette fois, il indique une direction précise : un petit chalet en bois, qui domine une église en pierre désaffectée. Situé au pied de la falaise, pas très loin de l'eau, le chalet est presque entièrement caché par les arbres, mais je l'ai repéré.

J'accélère.

Arrêtant la voiture à une distance respectable du petit chalet, j'inspecte les environs. La route sur laquelle nous nous trouvons fait le tour du lac, mais elle passe un peu plus haut à flanc de falaise, à trois cents mètres de là. M'emparant de l'un des fusils à pompe, et sans accorder la moindre attention à mes trois compagnons, je glisse six cartouches dans le magasin, et je fourre la boîte de munitions dans ma poche. J'ouvre la portière, et j'ai presque un pied à terre quand James me retient par le bras.

— Où allez-vous ?

— James, il y a des trucs que vous ne pouvez pas faire à ma place.

— Alisa ! s'exclame Seymour – les deux autres ne me connaissent que sous ce nom.

— Laissez-moi faire, les gars.

Je libère mon bras.

— Vous allez rester dans la voiture et prendre soin les uns des autres. Il est possible qu'elle passe par là, si elle n'est pas encore arrivée.

De toute façon, je ne leur laisse pas le temps de me donner leur avis. Bondissant hors de la Lexus, je fonce vers le chalet, et dès que je suis hors de leur vue, je passe la vitesse supérieure. Les branches des arbres et les trous du chemin ne me ralentissent même pas, et j'atteins la petite maison en bois en trente secondes.

On a déjà enfoncé la porte d'entrée.

Kalika a dû voir dans quelle direction mon nez pointait.

À l'intérieur, Paula est plantée devant la fenêtre, les yeux rivés sur la baie. Je distingue au loin un petit canot à moteur, qui s'éloigne tranquillement dans la nuit. Saisissant Paula par les épaules, je la force à se tourner vers moi.

— Elle a emporté le bébé ?

Le joli visage de la brune Paula est blanc comme un linge.

— Oui, me répond-elle, bouleversée.

— Ne bouge pas.

J'arme le fusil à pompe.

— Je vais te rapporter ton bébé, Paula.

Un instant plus tard, je suis déjà en train de courir le long de la baie. Par endroits, comme j'ai du mal à progresser à cause des rochers qui bordent l'eau, je bondis par-dessus l'obstacle, m'élevant le plus haut possible pour continuer à foncer. Le moteur du canot de Kalika n'est pas très puissant, et j'atteins l'isthme quelques secondes avant son embarcation. Vêtue d'un long manteau blanc, le bébé posé sur ses genoux, elle me voit lever mon arme et la mettre en joue. Elle n'est plus qu'à une cinquantaine de mètres, et bien qu'à peine éclairés par la lune, ses yeux luisent d'un étrange éclat. Elle n'a pas l'air étonné de me trouver là. Chaudement enveloppé dans une couverture blanche, le bébé, lui, gazouille gentiment, comme font tous les bébés. On dirait qu'il n'a pas peur, contrairement à moi. Car c'est bien de la peur que je ressens au moment d'appuyer sur la détente.

L'écho du coup de feu retentit dans la baie.

Je viens de faire un gros trou à l'avant du canot.

L'eau s'engouffre dans l'embarcation, et Kalika saisit le manche du gouvernail afin de faire pivoter le canot. L'espace d'un instant, elle me tourne le dos, m'offrant une cible idéale. Pourtant, je ne tire pas, en me disant que je risquerais d'atteindre le bébé. J'ai d'abord l'impression que Kalika reprend la direction de la plage qui se trouve en contrebas du chalet, puis je comprends qu'elle se dirige en fait vers l'île miniature au milieu de la baie. Peut-être craint-elle que le canot ne coule. Sans attendre d'accoster, Kalika a pris l'enfant dans ses bras, et le serre contre elle, et dès que le canot touche la terre ferme, elle se lève et bondit hors de l'embarcation, filant le long du sentier qui mène à une cabane plantée au sommet de l'île. Glissant le fusil à pompe sous mon manteau de cuir noir, je plonge aussitôt.

L'eau du lac est froide, et même glacée, mais les vampires n'aiment pas le froid, bien que nous le supportions bien mieux que n'importe quel être humain. Mes vêtements et le fusil me gênent considérablement, mais je réussis à nager jusqu'à l'île en moins d'une minute. Claquant des dents, je charge à nouveau mon arme. Normalement, elle fonctionne toujours, malgré son bref séjour dans l'eau. Si elle devait refuser de tirer, ce serait le dernier bain de minuit de ma vie.

Kalika est assise sur un banc, à l'intérieur de la maisonnette qui se dresse au sommet de l'île. En fait, il ne s'agit pas vraiment d'une maison : c'est plutôt une série de murs en pierre à ciel ouvert. La dernière fois que je suis venue ici, un guide expliquait que des gens venaient y prendre le thé pendant la Seconde Guerre mondiale. Kalika tient le bébé sur ses genoux, et elle joue avec lui sans prêter la moindre attention à mon fusil, et encore moins à moi. Je sens qu'il faut que je dise quelque chose. Évidemment, je ne suis pas dupe : s'il le fallait, je serais prête à tirer.

Mais Kalika a encore le temps de me duper, si elle veut...

— Tout est fini, lui dis-je. Pose le bébé.

Kalika ne prend même pas la peine de me regarder.

— Le sol est humide, il va prendre froid.

Je brandis mon arme.

— Kalika, je parle sérieusement.

— C'est ton problème.

— Kalika...

— Tu connais le nom que Paula a donné à ce bébé ? m'interrompt-elle.

— Non, j'avoue que je n'ai pas eu le temps de lui poser la question.

— Je crois qu'elle l'a appelé John. En tout cas, c'est comme ça que je l'appelle depuis tout à l'heure.

Elle se décide enfin à me regarder.

— Mais tu connais Mike, n'est-ce pas ?

Je n'en crois pas mes oreilles.

— Oui, pourquoi ? Tu lui as parlé ?

— Non, mais je le connais bien. C'est une cloche.

Elle serre l'enfant contre sa poitrine. Kalika est une jeune femme voluptueuse, et je me dis soudain qu'elle pourrait aisément porter de nombreux enfants. Seul Dieu sait à quoi ils ressembleraient... Elle caresse tendrement la tête du bébé.

— Je crois que nous avons de la compagnie.

— De quoi parles-tu ?

— Ton ami arrive.

— Très bien, lui dis-je, bien que je n'entende pas le moindre bruit.

— Raison de plus pour que tu me rendes le bébé. Je commence à perdre patience.

— Pose cet enfant !

— Non.

— Je vais tirer, je te préviens !

— Non, tu ne tireras pas.

— Tu as massacré deux douzaines de victimes innocentes, tu leur as arraché le cœur et la tête, quasiment sous mes yeux, et tu penses sincèrement que j'éprouve encore de l'affection pour toi ? Eh bien, tu te trompes.

Avançant d'un pas, je la mets en joue.

— Tu n'es pas immortelle, Kalika. Si je te loge une balle dans la tête, tu mourras, ça ne fait pas l'ombre d'un doute.

Elle me dévisage. Comme la lune n'éclaire pas directement la scène, il ne devrait y avoir aucune lumière dans les grands yeux noirs de Kalika, qui brillent pourtant d'un étrange éclat blanc. La dernière fois que je l'ai vue, lors de notre affrontement sur la jetée à Santa Monica, j'avais trouvé qu'elle avait une lueur rouge dans le regard, mais c'est peut-être moi qui vois cette couleur, et pas elle. Peut-être que Kalika n'est pour moi qu'un miroir. Kâli Ma, l'abîme éternel, celle qui détruit jusqu'au temps lui-même. Telle mère, telle fille. Impossible de regarder Kalika tenant le bébé dans ses bras sans penser au bébé qu'elle était il n'y a pas si longtemps.

— L'enveloppe charnelle naît, puis elle meurt, me dit-elle. Mais l'âme éternelle ne change pas, elle.

Furieuse, je brandis à nouveau mon arme.

— Toi, par contre, tu vas me faire le plaisir de changer, et tout de suite !

Kalika sourit. Je sens qu'elle veut dire quelque chose...

Mais soudain, on presse une lame contre ma gorge.

— Je vais me charger de ce fusil à pompe, murmure James dans mon oreille.

Je suis un peu surprise, certes, mais je ne m'inquiète pas.

— James, dis-je en m'efforçant de rester calme. Je n'ai pas l'intention de tirer sur le bébé.

La lame s'enfonce un peu plus profondément, et James me force à pencher la tête en arrière.

— Je le sais, Sita, dit-il patiemment. Mais je veux quand même que vous me donniez votre arme.

Je déglutis tant bien que mal. Cette fois, je m'inquiète.

— Qui vous a dit comment je m'appelle ?

L'homme entreprend de me retirer des mains le fusil à pompe.

— Nous nous étions déjà rencontrés, me dit-il, mais vous ne vous souvenez pas de moi, c'est tout.

— Elle s'en souvient très bien, dit Kalika en se levant, le visage impassible.

James pointe le fusil sur elle, tout en maintenant la lame appuyée contre ma gorge. Du coin de l'œil, j'arrive à la voir : il s'agit d'une dague ciselée, datant probablement de l'Antiquité. James est d'un calme glacé. Agitant le fusil à pompe en direction de ma fille, il lui dit :

— Pose l'enfant sur le banc qui est à côté de toi. Si tu refuses, je vous abats, toi et le bébé, et tu sais que je n'ai pas l'habitude de rater ma cible.

Kalika ne réagit pas.

La lame s'enfonce dans mon cou, et un peu de sang se met à couler.

— Je tuerai aussi ta mère, dit James. Et je te forcerai à la regarder mourir.

Le visage de Kalika s'assombrit.

— Non, déclare-t-elle.

James sourit.

— Tu me connais, pourtant. Tu sais que je parle sérieusement.

Kalika hoche la tête. On dirait qu'elle le connaît bien.

— D'accord, dit-elle d'une voix douce, et même un peu résignée.

— Alors, fais-le ! hurle James.

Pivotant sur elle-même, Kalika fait mine de déposer le bébé sur le banc, et soudain, alors que ses mains l'ont presque lâché, je vois qu'elle change d'avis. Peut-être que James s'en rend compte également, je n'en sais rien, mais alors que Kalika s'apprête à bondir, serrant l'enfant dans ses mains, il est prêt. Ma fille se déplace à une vitesse extraordinaire, mais les réflexes de James sont particulièrement vifs.

Et il lui tire dans le dos.

Kalika titube, mais elle réussit à garder l'enfant. Sans lâcher la lame qu'il plaque contre ma gorge, James arme à nouveau le fusil à pompe et met en joue ma fille. C'est sans compter sur le coup de coude que je lui balance dans les côtes. Apparemment, il s'y attendait aussi, parce que bien que le coup ait porté, il enfonce aussitôt sa dague dans mon cou. Cette fois, il ne s'agit plus d'une simple égratignure : le sang jaillit de ma carotide qu'il vient de trancher. Imperturbable, James vise à nouveau Kalika – et je ne suis plus en état d'intervenir.

James tire. Le coup atteint Kalika dans le dos, au niveau du cœur.

Couverte de sang, elle tente de lui faire face, peut-être même d'attaquer, mais James étant en train de réarmer, elle lui présente à nouveau son dos. Il tire une troisième fois, touchant l'omoplate droite de Kalika, qui s'écroule. Malgré son bras désormais inutilisable, elle refuse de lâcher le bébé, essayant obstinément de faire un rempart de son corps pour le protéger des coups de feu qui la ravagent. M'effondrant à mon tour, je distingue difficilement la silhouette de James, qui pointe à présent le canon du fusil sur la tempe de Kalika. Il serre encore la dague dans sa main droite, et je la reconnais enfin.

C'est la dague d'Ory. C'est le même poison que je sens envahir mon organisme.

Et quand James se met à parler, je reconnais même la voix d'Ory.

Dommage que je ne l'aie pas identifiée plus tôt. Vraiment dommage…

— Tout ce que je veux, c'est l'enfant, dit James en s'adressant à ma fille.

Elle lève les yeux vers lui.

— Toi et ta race, il n'y a qu'une chose qui vous intéresse.

Son doigt commence à presser la détente.

— Tu m'as raté, l'autre jour, dans la tour, dit-il. Tu as laissé passer la chance, Kalika. Et si tu ne fais pas ce que je te demande, tu n'auras plus jamais de chance. Et l'enfant non plus.

Kalika le fixe pendant de longues secondes.

Puis, tendant vers lui son bras gauche, elle lui remet le bébé.

James le prend avec le bras qui tient la dague.

Puis il fait mine de partir.

Kalika essaie de se relever.

— Non ! J'ai voulu hurler, mais mon propre sang est en train de m'étouffer.

Faisant volte-face, James lui tire une dernière balle en plein cœur. Incrédule, Kalika tombe à la renverse. Après avoir armé à nouveau, James tire encore une fois, exactement au même endroit. La cage thoracique de ma fille explose littéralement. Son manteau blanc et sa robe longue ne sont plus qu'une masse sanguinolente mêlant lambeaux de chair et tissus déchirés. Elle cherche à prendre appui sur son bras gauche, elle essaie désespérément de se redresser, puis elle ferme soudain les yeux, avant de s'écrouler, face contre terre. Pendant un instant, James contemple le corps sans vie de Kalika, puis il lâche le fusil et s'agenouille à côté de moi. Le visage du bébé n'est qu'à quelques centimètres de moi, mais je ne suis même plus capable de tendre la main vers lui. Le bébé paraît stressé, mais James, lui, a l'air de passer un bon moment.

— Tu te souviens de ce que tu m'avais dit, Sita ? me demande-t-il. *Nous nous reverrons, je n'en ai pas fini avec vous...*

Il jubile.

— Oui, ce sont tes propres paroles. Note que tu n'avais pas complètement tort.

Je suis en train de me noyer dans un flot de sang rouge. Ma voix n'est plus qu'un sinistre gargouillis.

— Comment…

— Comment suis-je revenu ici, et dans un corps différent ? Ça, c'est un secret qui appartient aux Setians, mais puisque tu veux connaître la vérité, sache que je ne suis jamais parti. Oh, naturellement, je me suis transféré plusieurs fois, sous des formes diverses, mais pour des êtres comme nous, ce ne sont là que de petits trucs sans grande importance.

Il jette un coup d'œil au corps inerte de Kalika.

— Il est regrettable que ta fille se soit crue obligée de détruire tout mon stock de nouveaux apprentis, mais il en viendra d'autres. Beaucoup d'autres.

— Que…

Il ricane.

— Ce que je vais faire de cet enfant, maintenant qu'il est enfin en ma possession, grâce à toi ? Sincèrement, il serait préférable que tu ne le saches pas. Mieux vaut rejoindre ta tombe sans embarrasser ta jolie tête d'images qui font peur.

Levant la dague, il ajoute :

— Où veux-tu que je mette le poison ? Tu vas voir, c'est un produit que j'ai récemment mis au point. Avec ça, même le plus costaud des vampires est assuré de mourir, je le garantis. L'agonie est lente, certes, mais…

— Tu mérites… de rôtir en… enfer, bredouillé-je.

— Justement, Sita, j'en viens.

Et il me plante sa dague dans le dos, prenant soin d'enfoncer profondément la lame empoisonnée.

Je suis bien trop faible pour la retirer. Voire pour tenter de la retirer.

Emportant le bébé dans ses bras, James s'éloigne.

Il n'a fait que quelques pas que j'entends déjà l'enfant qui se met à pleurer.

Chapitre 17

Sang, douleur, et désespoir. Sang rouge et désespoir noir. Ces deux couleurs, ces deux formes de torture aussi cruelles l'une que l'autre, résument ce que je ressens pendant les minutes qui suivent. Je continue à voir ce qui m'entoure, mais d'un point de vue différent, et sous un angle différent. Je suis à présent dans un lieu de douleurs ultimes, où mon âme flotte au-dessus du chaudron bouillant qui m'attend, j'en suis sûre, de l'autre côté. M'apercevoir que depuis le début, je collabore avec l'ennemi, et que j'ai même été sa meilleure alliée, c'est trop pour moi. Si elle n'impliquait que l'oubli de tout, la mort serait bienvenue, franchement, mais j'ai peur qu'il existe un enfer spécial, destiné à ceux qui ont vendu le messie au chacal.

Comme dans un rêve, je sens contre mes lèvres quelque chose de chaud et d'humide.

Ça a le goût du sang, un sang particulièrement sucré, mais c'est en fait un élixir très efficace, comme je n'en ai encore jamais bu, je serais prête à le jurer. Avant même que j'en sois consciente, ma langue se met à laper la substance inconnue. Le flot de sang qui persiste à jaillir de ma carotide commence enfin à se tarir. Je crois d'abord que c'est parce que mon corps est exsangue, puis je m'aperçois que mes blessures sont en train de guérir – ce qui est tout à fait improbable, considérant que j'ai la gorge tranchée, une dague plantée dans le dos, et une bonne dose de poison setian dans les veines. Pourtant, je recouvre bientôt l'usage de mes yeux, et j'y vois à nouveau normalement.

Ma fille est étendue à côté de moi.

Dans le creux de sa main, elle a recueilli un peu de son propre sang, et je suis en train de m'en nourrir.

D'abord, je me dis que ça signifie qu'elle est tirée d'affaire, mais je me rends vite compte que ses horribles plaies sont toujours béantes. Bien qu'elle lise dans mes yeux l'immense détresse que je ressens, elle me sourit courageusement.

— Il ne me reste qu'un tout petit peu de vie, et elle est pour toi, me dit-elle.

Je repousse aussitôt sa main.

— Non, Kalika, je t'interdis de faire ça. Tu es le seul espoir qui nous reste.

— L'unique espoir, c'est toi.

Elle me force à absorber davantage de sang, puis elle me fait rouler sur le côté, et retire la dague d'Ory plantée dans mon dos. Une douleur intense me cisaille les vertèbres. Le poison a contaminé mon organisme, je le sens qui fonce dans mes veines et qui ronge mes organes internes. Entaillant son poignet, Kalika me force à boire le sang qui coule de ses veines : on dirait que son énergie vitale terrasse aussitôt le poison, et j'ai l'impression de le sentir expirer quelque part au fond de moi. Une chaleur paisible s'empare de mon corps, et même la plaie de ma gorge se referme. Au fond de moi, pourtant, je suis toujours aussi tourmentée : au moment précis où je réussis à me redresser, c'est au tour de

Kalika de s'allonger, visiblement affaiblie. Son thorax n'est plus qu'un trou sanguinolent, et je crois même que j'aperçois fugitivement son cœur, qui bat de plus en plus lentement. J'espère que je me trompe, et je fais mine de vouloir me trancher une veine, afin de laisser mon sang s'égoutter sur les blessures de Kalika. D'un geste, elle m'en empêche.

— C'est trop tard, me dit-elle.

L'idée que ma fille meure sous mes yeux m'est insupportable.

— Non...

— Tu vois, je ne voulais aucun mal à ce bébé, me dit Kalika. Mon but, c'était de le mettre hors d'atteinte des Setians.

— C'est pour cette raison que tu es venue au monde ?

— Oui.

Levant la main, elle touche mes cheveux.

— Et aussi pour être ta fille.

Les larmes qui roulent sur mes joues sont d'un rouge si intense que je me dis qu'elles vont laisser des traces indélébiles sur ma peau, me forçant ainsi à porter jusqu'à la fin de mon existence, et à la vue de tous, le souvenir pesant du deuil de ma fille. J'ai envie de me jeter entre ses bras, mais je ne veux pas augmenter ses souffrances. Alors, je prends sa main, et je l'embrasse passionnément.

— J'aurais dû t'écouter, Kalika.

— C'est vrai.

— Tu n'as pas tué les policiers, n'est-ce pas ?

— Non.

— Et tu savais qu'Eric souffrait d'une maladie incurable ?

— Oui. Et si je ne l'avais pas tué, il serait mort dans des conditions encore plus abominables.

Ma voix trahit mon désespoir.

— Tu aurais dû me le dire.

— On n'entend jamais que ce qu'on veut bien entendre, me dit-elle d'un ton moqueur. Toi, tu es bien plus humaine que tu ne le penses, mais il se trouve que c'est aussi ta plus grande force. Krishna aime l'humanité tout entière, et nous sommes tous ses enfants.

— Qui est ce bébé, Kalika ? Krishna ? Le Christ ?

Sa voix est faible, et son regard déjà vitreux.

— Il est comme moi. Comme moi, il est l'essence de toute chose. Un nom ou un titre ne suffiraient pas à le décrire. Les catégories sont l'affaire des hommes, mais Dieu, lui, ne connaît qu'un seul être.

— Ce bébé, il a besoin de mon aide pour survivre ?

Les yeux fixés sur le plafond, Kalika réfléchit longtemps avant de me répondre.

— Tu l'aideras, en effet, parce que c'est pour ça que tu es née.

J'éclate en sanglots.

— Pendant tout ce temps que nous avons passé ensemble, tu ne m'as jamais menti, pas une seule fois.

Cette fois, son regard se pose sur moi.

— Une fois, je t'ai menti. C'était quand je t'ai dit que je ne te laisserais pas t'interposer entre moi et l'enfant.

Un spasme violent la secoue soudain, et j'entends son cœur qui s'emballe. La fin est proche.

— Je ne t'aurais jamais fait le moindre mal, Sita.

— Comment combattre Ory ?

— Tes méthodes à l'ancienne, basées sur la force et sur la ruse, ne suffiront pas.

— Quoi, alors ?

— La foi est plus dure que le roc, murmure-t-elle.

— Le manuscrit...

Tout s'embrouille dans ma tête.

— Mais j'ai lu dans le manuscrit qu'il fallait se méfier de toi.

Kalika esquisse un sourire.

— Suzama en a écrit certaines parties, mais c'est Ory qui s'est secrètement chargé du reste.

— Le papyrus en question était d'une texture différente, en effet.

— Exact. Il ne faut pas croire aveuglément tout ce qu'on lit, même si le texte est un soi-disant manuscrit.

Soudain, Kalika est prise de convulsions, et son corps se raidit, formant un arc au-dessus du sol. Mes larmes redoublent. Mes cinq mille années de vie et de mort ne m'ont pas préparée à une telle épreuve. Assister à l'agonie de ma propre fille, qui meurt à cause de moi – quelle cruelle ironie... Mais Kalika, dont les forces déclinent inexorablement, approche ma main de sa bouche et y dépose un baiser.

— De simples mots sont incapables d'inspirer la foi. Seul l'amour est susceptible de détruire l'illusion.

— Tout ça n'est donc qu'une illusion pour toi ? Y compris ta propre mort ?

Les yeux brillants, elle serre ma main entre les siennes.

— Toi, tu n'es pas une illusion. Et moi, je suis réellement ta fille.

Un soupir s'échappe alors de ses lèvres, et elle ferme les yeux. Je sens que son cœur s'arrête de battre, mais il reste encore un peu d'air dans ses poumons, et dans un souffle, elle me dit de sa voix si douce :

— Mère... Je t'aime...

Ce sont ses dernières paroles.

Kalika n'est plus. Elle s'en est retournée à l'abîme d'où elle était venue.

Une autre mort et d'autres adieux m'attendent au bord du lac, sur la berge en contrebas de la maison de Paula. Adossé à un mur en pierre, le Dr Seter est livide – il a le teint d'un homme qui vient de subir une attaque cardiaque. Ni Seymour ni Paula ne sont en vue. Le cœur du Dr Seter a lâché, et je n'ai pas besoin de me creuser longtemps la cervelle pour deviner quelles en sont les causes. De retour avec le bébé, James s'est montré sous son vrai jour, et le Dr Seter a bien été obligé d'admettre que son fils n'était pas le gentil jeune homme qu'il feignait d'être. Je m'agenouille auprès du docteur, et il ouvre les yeux, s'efforçant de reprendre son souffle.

— Vous saignez, me dit-il.

Je suis couverte de sang, c'est vrai, mais l'hémorragie a cessé.

— Je vais bien, Dr Seter.

Plaçant la main sur sa poitrine, je vérifie que mon diagnostic est correct. Son pouls est erratique.

— Si vous le désirez, je peux appeler un médecin.

Sachant parfaitement que c'est inutile, je suis contente qu'il refuse.

— Je suis fichu, me dit-il en secouant la tête. Son visage exprime une tristesse infinie.

— J'ignorais tout...

— Moi aussi.

Sa voix trahit l'amertume qu'il ressent désormais.

— Suzama nous a menti, à vous comme à moi.

— Non. La majeure partie du manuscrit est authentique, et James n'a écrit que les passages concernant Kalika.

Je marque une pause, puis je dis :

— C'était ma fille.

Le Dr Seter est abasourdi par cette révélation.

— Où est-elle, à présent ?

— Là-bas, sur l'île. Elle est morte.

Je pousse un profond soupir.

— Nous nous sommes conduits comme des idiots.

Le vieil homme essuie une larme.

— L'idiot, c'est moi. Mon arrogance m'a fait croire que Dieu lui-même m'inspirait des visions. J'ai cru sincèrement que j'avais réussi à pénétrer dans l'esprit divin.

Une quinte de toux le secoue pendant quelques instants.

— C'est James qui m'a fourré tous ces rêves dans la tête. C'est lui qui m'a conduit au manuscrit.

Je hoche la tête.

— Il vous a conduit à l'endroit où il avait enterré le manuscrit de ses propres mains.

— Mais je ne comprends ni pourquoi ni comment il a fait tout ça...

— James n'a jamais été votre fils, et il est apparu dans votre vie dans le seul but de vous manipuler. Il s'est approprié un corps de jeune homme, mais il n'est ni jeune ni humain. Je vous en prie, Dr Seter, ne vous accablez pas de reproches. Il y a très longtemps, j'ai combattu cette créature, et pourtant, j'ai été incapable de le reconnaître. Si quelqu'un doit être responsable de cet immense gâchis, c'est moi, et personne d'autre.

Le Dr Seter lève vers moi un regard intrigué.

— Qui êtes-vous, exactement, Alisa ?

— Je suis votre amie.

Je le serre contre moi, et j'ajoute :

— Et je vais récupérer l'enfant, comptez sur moi.

Ces mots semblent le réconforter, et une minute plus tard, il s'éteint dans mes bras, le visage apaisé. C'était un homme d'une grande bonté, je le sais.

Soudain, je sens une présence derrière moi.

Paula.

— Sita ? dit-elle d'une voix douce.

Je me retourne : Paula porte autour de son cou une étole bleue, tissée de fils d'or qui forment un dessin magnifique. Mais je suis trop pressée pour leur accorder mon attention. Abandonnant la dépouille du Dr Seter, je me redresse.

— Je connais l'endroit où notre ennemi a emmené ton enfant, dis-je à Paula en m'approchant d'elle.

Elle acquiesce. Paula croit ce que je lui dis, comme elle l'a toujours fait. Quelle belle démonstration de foi !

— Ton ami…

J'agrippe le bras de Paula.

— Seymour !

Elle penche la tête sur le côté, et elle dit :

— Il est dehors, devant le chalet. Il est blessé.

— Il est mort ?

Elle hésite à me répondre.

— Pas tout à fait.

Mes yeux se posent sur l'île miniature qui se dresse au milieu de la crique, et dont je suis revenue à la nage, non sans mal. Pas facile de laisser derrière soi le corps de son enfant…

— Vite, il faut trouver un canot, dis-je à Paula. Ma fille a enlevé ton bébé, mais elle essayait seulement de le protéger. Le corps de Kalika est sur l'île, dans la maison. S'il te plaît, Paula, ramène-la ici, et attends que je revienne.

Tournant les talons, je lance :

— Je vais m'occuper de Seymour.

Paula me retient.

— Laisse-moi t'aider.

Je secoue la tête.

— Non, Paula. Il faut que je sois seule avec lui, si je veux avoir une chance de lui sauver la vie.

Ses grands yeux noirs sont pleins de larmes.

— Ta fille s'est sacrifiée pour sauver John ?

— Oui. Elle a donné pour lui ce qu'elle avait de plus précieux.

Un peu plus haut, à cinquante mètres du chalet de Paula, je découvre le corps de Seymour, coincé entre deux énormes rochers, gisant dans une mare de sang. Tirant à bout portant, James lui a logé une balle dans l'estomac. Seymour est inconscient, et je ne donne pas cher de sa vie. Le bébé de Paula n'est plus là, et cette fois, impossible d'avoir recours au petit flacon – pourtant bien pratique – qui contient tout le mystère et la magie de l'univers. Je ne dispose que d'un seul moyen de lui sauver la vie : exaucer son vœu le plus cher. Je vais céder à ses désirs, parce que je l'aime, et parce que je sais aussi que Krishna me pardonnera. En fait, si je réussis à récupérer l'enfant de Paula, et si je lui donne la possibilité d'atteindre l'âge où il sera en mesure de me comprendre, je lui demanderai de me délivrer de mon serment. Penchée en avant, j'entaille une de mes veines, et je murmure quelques mots à l'intention de Seymour.

— Mettons-nous d'accord, vieux frère : le fait que tu sois devenu un vampire ne signifie pas que nous sommes automatiquement destinés à devenir amants. Si tu veux vraiment coucher avec moi, il faudra d'abord que tu m'emmènes au cinéma.

Un peu de mon sang glisse au fond de la gorge de Seymour. De toute façon, je n'ai rien d'autre à lui donner.

Chapitre 18

Le soir suivant, à l'heure où le soleil se couche, je me rends à l'endroit où le bébé a été conçu. Au sommet de cette falaise, en plein désert, les immenses yuccas se dressent fièrement comme autant de gardes prêts à me filer un éventuel coup de main. Ce sont bien les seuls : à en croire ma fille et Suzama, même ma force et ma ruse ne me seront d'aucune aide.

J'ai apporté la dague que James m'a plantée dans le dos.

C'est la seule arme dont je dispose.

La foi est plus dure que le roc.

James ne va pas se contenter de tuer le bébé. Le sang divin a autant d'importance pour un démon que pour un saint, mais les deux en ont un usage différent. Je sais que James est obligé d'amener l'enfant ici. Ce n'est pas par hasard qu'il a installé le Suzama Center à Palm Springs, qui se situe justement à proximité. Sans compter que ma chère Suzama l'a indiqué dans son manuscrit.

Puis le lieu saint sera menacé par des étoiles rouges, et seuls les innocents verront la lumière bleue du paradis.

C'est moi, l'innocente ? À vrai dire, je ne me sens pas très innocente, en ce moment. Kalika m'a dit que j'étais aveuglée par mes propres pensées, mais je ne peux m'empêcher de penser qu'elle a laissé James s'approcher tout près du bébé, alors qu'elle savait pertinemment qui il était, et à quel clan il appartenait. Bien sûr, on pourrait avancer que je l'ai empêchée de fuir, mais pendant les dernières minutes de sa mystérieuse existence terrestre, elle a été ravie de pouvoir enfin cesser de courir et de jouer un peu avec le bébé, et de laisser le destin s'accomplir. De toute évidence, James s'est servi de moi pour écarter Kalika : seul, il n'aurait jamais pu sortir vainqueur de l'affrontement. Mais Kalika s'était résignée à la défaite, peut-être avec l'intention de voir s'accomplir les antiques prophéties, qui sait ?

Les forces du mal convergeront à nouveau vers lui, mais un ange puissant le sauvera, avant de le perdre à nouveau.

Concernant Kalika, nul ne s'est fourvoyé plus que sa propre mère.

Et maintenant, je fais quoi ?

Tout le reste n'est que mystère.

Pour une fois, je regrette que Suzama n'ait pas été un tout petit peu plus précise dans ses prophéties.

Qui suis-je, pour avoir foi en moi-même ? Le fait que Suzama ait placé *foi* et *roc* dans la même phrase ne m'a pas échappé, puisque c'est justement le contrôle qu'Ory exerçait sur l'élément terre qui lui a permis de me vaincre. D'accord, j'ai foi en l'enfant. C'est un joli petit garçon doté d'un charisme incroyable et d'un sourire charmeur. Je l'adore, c'est vrai, bien que je ne l'aie rencontré que très peu de temps. Mais que dois-je faire de toute cette foi ? Il faudrait quand même que je sache comment l'utiliser.

Lentement, le soleil se couche. Et les premières étoiles apparaissent dans le ciel.

La lune n'est pas encore de sortie.

Levant les yeux vers les astres, je les implore de m'aider.

Et voilà que je me souviens d'un détail extraordinaire.

La dernière fois que j'ai vu Suzama, elle portait une étole bleue, dans laquelle étaient tissés des fils d'or dessinant les constellations des deux hémisphères. Hier soir, Paula portait un foulard bleu, orné de fils d'or brodés. En fait, plus j'y pense, plus je suis convaincue que le foulard et l'étole sont identiques.

Mais j'ai à peine le temps de me demander comment une telle coïncidence a pu se produire...

Il se passe quelque chose d'étrange.

Plus je visualise mentalement les constellations brodées d'or de l'étole de Suzama, plus les étoiles qui brillent au-dessus de moi redoublent d'intensité. Et le plus étrange de tout, c'est que Paula m'a déjà décrit ce phénomène.

— *Un million d'étoiles brillaient dans le ciel. Elles étaient si lumineuses ! Je me serais crue dans l'espace... J'avais presque l'impression qu'on m'avait transportée sur un autre monde, au milieu des étoiles, et que j'étais en train de regarder le ciel.*

Les étoiles brillent avec une telle intensité que je sens physiquement leur énergie pénétrer dans mon corps par le haut de mon crâne. Il y a une étoile en particulier, juste au-dessus de moi, dont l'éclat bleu déjà intense semble croître au fur et à mesure que je concentre sur elle toute mon attention.

L'astre bleu grandit. On dirait une soucoupe volante fonçant droit sur la Terre. Un son aigu se produit alors, et l'air se met à vibrer. Les mots de Paula sont encore gravés dans ma mémoire.

— *La lumière des étoiles a transpercé mes paupières, le son perçant me faisait mal aux tympans, et j'avais envie de hurler. D'ailleurs, j'ai peut-être hurlé, mais je n'éprouvais pas de douleurs physiques. Disons plutôt qu'on était en train de me transformer.*

Je crois bien que je suis en train de hurler, moi aussi. J'ai ressenti la même chose quand la lune a pénétré à l'intérieur de ma tête et m'a transformée en un gentil petit fantôme emporté par le vent du désert. Mais cette vibration-là est mille fois plus intense : j'ai l'impression que les étoiles sont en train d'irradier les terminaisons nerveuses de ma colonne vertébrale, pour les transformer en autant de circuits magnétiques branchés sur le cosmos, un système de communication et de propulsion interstellaires vieux comme l'univers – et dont personne n'a jamais soupçonné l'existence. En même temps, je suis incapable de déterminer si je souffre physiquement. Pour détruire ce que je ressens, les termes qui conviendraient seraient sans doute *terreur* et *extase*... Cette expérience est en train de détruire tout ce que je croyais être moi, mais il y a un sentiment de soulagement qui se dégage de cette destruction intégrale. Au moment précis où je me dis que je vais soit exploser, soit me changer en une androïde galactique, tout s'arrête.

Contrairement à Paula, je ne perds pas conscience.

Et je me retrouve soudain en train de flotter au-dessus du désert.

À l'intérieur d'un corps d'un beau bleu luisant.

C'est excellent. Ce corps bleu – cet *état* dans lequel je suis – ne s'embarrasse d'aucun des fardeaux qu'on trimballe dans le monde de la matière. Franchement, je suis enchantée de flotter comme ça avec les étoiles. De là-haut, je distingue le désert, les dunes, les grands yuccas et les ombres que font trembler les rayons enivrants des étoiles de la galaxie. Les étoiles ont un rôle essentiel dans la vie des humains, et leurs influences subtiles s'exercent en permanence sur ces champs d'énergie dont l'humanité ignore jusqu'à l'existence… J'arrête, parce que je n'ai pas du tout envie de réfléchir pour l'instant.

Au bout d'un certain temps, je me rends compte qu'une boule très dense d'énergie rouge est en train d'approcher. Le simple fait de la voir me répugne, et je veux m'éloigner, pour lui laisser le passage. Cette chose rouge, c'est exactement l'inverse de ce que je suis : ce n'est ni de l'amour ni de l'extase. Je veux l'éviter à tout prix, et je sais que je n'ai qu'à le souhaiter pour accomplir aussitôt ce que je désire.

Et c'est là que je me souviens de mon identité.

La transformation avait provoqué chez moi une amnésie temporaire.

Je me souviens aussi de la raison de ma présence dans le désert. Le bébé.

En contrebas, j'aperçois James. Il tient l'enfant dans ses bras. De James émane une sorte d'aura rouge, pareille à l'autre, mais le bébé projette autour de lui une lueur bleutée, qui le fait ressembler à une minuscule étoile bleue. Ma conscience fait l'aller-retour entre les deux. La boule d'énergie rouge se rapprochant de plus en plus, je constate qu'elle est en train de modifier sa forme : on dirait maintenant qu'elle ressemble vaguement à une soucoupe volante. J'ai l'impression bizarre que l'envoyé d'un royaume invisible me demande de choisir : grâce à mon corps bleu, je peux essayer de monter dans ce vaisseau spatial et mettre un terme définitif aux projets des Setians, ou alors je peux continuer à flotter tranquillement et être heureuse. Si j'opte pour la première proposition, je cours au-devant du danger. Je risque de tomber dans un piège, j'en ai le pressentiment. Mon âme, prisonnière des démons ?

Parce que si je monte à bord du vaisseau spatial, il faudra que je sois un démon, moi aussi.

L'univers semble me dire :

— *Le choix n'appartient qu'à toi.*

Je pense alors à Kalika, et à son sacrifice.

Cette idée m'impose un choix.

Je pénètre dans le vaisseau.

L'équipage est composé de serpents. Ils sont six, six grosses brutes avec de longues queues et d'horribles écailles, des mufles épais et des yeux vitreux, comme morts. Bien qu'ils soient tous à leur poste, chacun devant un impressionnant déploiement de manettes et d'écrans de contrôle, l'un d'eux fait clairement office de chef. C'est le plus grand des six, et il se dégage de sa personne un champ énergétique d'une puissance indéniable : on dirait un soleil rouge en pleine expansion venu des confins de la galaxie. C'est lui que je dois attaquer en premier.

Quelques secondes me suffisent pour pénétrer à l'intérieur de son corps.

Me voilà à présent dans son esprit. Un gouffre sans fin.

J'ai affaire à un authentique Setian, c'est-à-dire à un démon de la pire espèce. Soumis à des appétits féroces et à des passions dévorantes, il n'en est pas moins doté d'une intelligence remarquable, et d'une capacité de travail qui lui ont valu de s'élever jusqu'au rang qu'il occupe à présent. Ses supérieurs l'ont chargé d'une mission très importante : ramener l'avatar humain, dont la valeur est inestimable. S'il y parvient, il aura le droit de se joindre à ses maîtres pour dévorer avec eux l'énergie de l'enfant. Il se nomme Croka, et il se repaît habituellement d'émotions telles que la haine et la peur, qui sont pour lui une nourriture équivalente aux humains dont il se délecte également. S'il consomme l'enfant sacré, celui-ci lui communiquera sa force. Dans le monde d'où il vient, on est déjà en train de préparer la cérémonie qui clôturera les réjouissances.

Croka ne se doute pas encore que je me suis introduite dans son esprit.

Le vaisseau des Setians atterrit dans le désert, et l'équipage sort à l'air libre, et je suis le mouvement, toujours dissimulée dans l'esprit de Croka. Ce vaisseau spatial et ces créatures n'ont pas vraiment d'existence physique, je le sais : si un humain passait dans le coin, il ne verrait rien d'anormal, tout en ressentant probablement une sorte de malaise indéfinissable. Le fait d'être à l'intérieur de l'esprit de Croka représente pour moi une torture aussi cruelle que celles qu'il m'est arrivé de subir réellement. C'est presque pire que d'assister à la mort de ma propre fille. Mais je suis résolue à faire tout ce qui est en mon pouvoir pour que Kalika ne soit pas morte en vain.

James, lui, a la capacité de voir les Setians, et il s'incline devant eux, tandis que les six créatures s'assoient en demi-cercle autour de lui. Tenant l'enfant dans ses bras, James reste respectueusement debout. Forme bleue se détachant sur la lueur rouge qui crépite autour de lui, le petit John jette sur la scène des regards intrigués. Le bébé ne pleure pas, mais il est évident qu'il peut voir les étranges visiteurs. Bien qu'ils soient assis par terre, les Setians, d'allure reptilienne, sont grands, et leurs affreuses têtes dépassent largement celle de James. L'un d'eux fait signe à James de s'approcher, comme s'il avait envie de voir le bébé de plus près, de poser sur lui ses grosses pattes – ce que je trouve insupportable. La créature ne lui fera aucun mal, je le sais : la fête aura lieu plus tard, quand le vaisseau aura regagné l'infernale planète des Setians.

James présente l'enfant à chacun des Setians, qui le palpent tour à tour. Très calme, le petit John ne verse pas une seule larme, ce qui semble agacer James et les visiteurs. Il arrive enfin devant Croka, mais avant qu'il n'ait pu poser la main sur lui, je regarde l'enfant, forçant ainsi les yeux du commandant des Setians à se fixer sur lui – contre sa volonté. Et Croka comprend aussitôt que quelqu'un s'est introduit dans son esprit. Je crains le pire : Croka, comme la plupart des Setians à ce niveau de leur hiérarchie, est passé maître dans l'art de l'*ensemencement*, la manipulation mentale. Et je sens soudain que sa volonté se lance furieusement à l'assaut du squatter que je suis.

Il voudrait réagir, mais c'est déjà trop tard, parce que je bénéficie de la protection du regard du petit John, la *kavach*, et l'ensemencement perd sa puissance quand il est confronté à un saint. Comme Ory en son temps, Croka porte à la ceinture une dague finement ouvragée, et j'ordonne au bras du Setian de s'en saisir. Avant qu'il ne puisse m'en empêcher, et avant même que James n'ait compris ce qui se passe, je plante la lame dans l'œil gauche de ce dernier.

Et je reprends aussitôt possession de mon corps de vampire.

Me voilà de retour dans le désert, avec James et le bébé pour seule compagnie. Le vaisseau spatial et son équipage semblent avoir disparu. James gémit de douleur, et je me rends compte que je l'ai déjà poignardé avec son *propre* couteau. Eh bien, me dis-je, cette fois, il ne s'attendait pas à ce que je l'attaque. Vite, avant qu'il n'ait le temps de reprendre ses esprits, je retire la lame plantée dans son œil, et je crève l'autre. Définitivement aveugle, James pousse un hurlement. Le sang qui jaillit de ses blessures répand dans l'air une puanteur caractéristique.

Lâchant le bébé, il plaque ses deux mains sur ses yeux crevés.

D'un bond, je récupère l'enfant avant qu'il ne touche le sol, et je le dépose doucement sur le sable.

Puis je me tourne vers James.

— Alors, Jimmy, lui dis-je d'une voix mielleuse, où veux-tu que je mette le poison ? C'est un produit tout nouveau, tu verras. Spécialement conçu pour tuer les lézards gluants dans ton genre.

Il tente de me fracasser la tête avec son poing droit, mais il me rate, évidemment. Profitant éhontément de sa cécité, je le poignarde dans le dos, à la hauteur du cœur – là où il avait blessé ma fille. Hurlant de douleur, il tombe à genoux. Frénétiquement, il tente de retirer la lame, mais je sais que le poison mortel dont elle est enduite agit très vite. James est condamné.

— Sita, tu ne sais pas ce que ma mort représente pour cette partie de la galaxie. Tu ne dois pas interférer avec les Setians.

J'éclate de rire.

— Tu veux parler de tes petits copains, les lézards ? Ils sont encore ici, c'est sûr, mais comme ils ne disposent pas d'un corps humain comme le mien, ils sont obligés d'avoir recours à des intermédiaires minables comme toi, qui n'es même plus capable de lacer tes chaussures tout seul... Quelle déchéance !

Le visage de James n'est plus qu'une masse sanguinolente. On dirait qu'il pleure à chaudes larmes.

— Tu ne peux pas faire ça, gémit-il. Depuis des siècles, nous préparons cet échange...

Pour le faire taire, je lui balance un grand coup de pied dans le bas-ventre.

— Ah oui ? Qui a décidé qu'il en serait ainsi ? Pas Suzama, en tout cas, ni moi. Je regrette que cet endroit ne soit pas infesté de mouches, et que je ne puisse pas me payer le luxe de prolonger ton agonie. Mais tu m'excuseras : j'ai plein de choses à faire, et il faut que j'y aille, mon grand.

L'empoignant par les cheveux, je le force à renverser la tête en arrière, exposant sa gorge.

— Je crois que je vais me régaler.

— Attends ! s'écrie-t-il. Je n'ai pas achevé ma mission ! Ils ne me permettront pas de me transférer dans un nouveau corps !

Je retire brutalement la dague plantée dans son dos.

— James... Je dois te dire que je m'en fiche éperdument.

— Non, arrête ! hurle-t-il désespérément. Je ne veux pas mourir !

La vengeance, même tardive, a un goût de miel tout à fait divin.

Bon, d'accord, Dieu n'approuverait pas une telle affirmation, mais je suis prête à en discuter avec lui.

— Si tu ne veux pas mourir, fallait pas naître dans ce monde, mon grand.

D'un geste précis, je lui tranche la gorge, et un flot de sang noir jaillit de sa carotide béante.

Un sifflement retentit soudain dans le désert, et une bourrasque de vent vient jouer dans mes cheveux.

Un éclair d'un rouge aveuglant éclipse un instant les étoiles.

Les Setians sont repartis, pressés de rentrer chez eux.

Je lâche James, et son corps inanimé tombe lourdement sur le sable.

Je prends une profonde inspiration, et j'éclate de rire.

Le bébé serré contre moi, je pars en direction de la route toute proche. Le petit John gazouille joyeusement.

Je crois qu'il m'aime bien. Comme il est mignon !

9785

Composition
NORD COMPO

Achevé d'imprimer en Espagne
par BLACK PRINT CPI
le 4 décembre 2011.

Dépôt légal décembre 2011.
EAN 9782290029534

ÉDITIONS J'AI LU
87, quai Panhard-et-Levassor, 75013 Paris

Diffusion France et étranger : Flammarion